522200029.

EL GATO EFICAZ

LUISA VALENZUELA

EL GATO EFICAZ

EDICIONES DE LA FLOR

Primera edición: mayo de 1972
Editorial Joaquín Mortiz S.A.
México, D.F.

Segunda edición: julio de 1991
Ediciones de la Flor - Literal

Tercera edición: febrero de 2001

©1991 *by* Ediciones de la Flor S.R.L.,
Gorriti 3695, 1172 Buenos Aires, Argentina
Queda hecho el depósito que establece la ley 11.723

Impreso en la Argentina
Printed in Argentina

ISBN 950-515-123-3

Prólogo a la segunda edición

Me encantaría recuperar, para este prólogo, mi irreverencia y desparpajo de los años '69 y '70 mientras escribía este libro. No es cuestión de edad, sino de cargas: yo era entonces una caldera a punto de estallar, y estallé en palabras en las que por primera vez descubrí un orden y concierto interior muchísimo más sabio que la propia caldera.

Por eso le tengo tanto cariño al Gato, porque me es ajeno, porque sabe mucho más que yo.

Lo quiero al Gato porque es mi texto de ruptura.

Porque me abrió una compuerta que quizá nunca más llegó a desbordarse como entonces pero sé que está allí.

Lo quiero porque es el libro de viajes, el cuaderno de bitácora que siempre sueño con escribir y casi nunca concreto.

La génesis de este animalejo es la siguiente:

Estando la autora a la sazón en una pequeña ciudad universitaria estadounidense, con una beca para escritores, rodeada de un grupo especialísimo de escritores, sobre todo latinoamericanos, le ocurrió lo que no podía dejar de ocurrirle: se puso neurótica. Era demasiado campus, demasiado campo, demasiada nieve y frío del verdadero. Era demasiada pasión literaria y mucho hablar de la muerte. La autora en ese entonces tuvo la osadía de decir Yo nunca pienso en la muerte.

Y la muerte se le encabritó ahí mismo y la metió de cabeza a escribir, a escribir con desaforado afán, en los vastos ascensores, en reuniones de amigos, en la cama interrumpiendo el sueño propio y el ajeno, en el bar o la cafetería. Escribió sin tregua a su paso por México, y siguió escribiendo de regreso a Buenos Aires, donde dio con el título definitivo.

Porque esta novela hubo de llamarse *A los Gatos de la Muerte, ¡salú!* Pero el editor mexicano que la contrató antes de verla terminada objetó que pocos en su país sabrían reconocer al gran pueblo argentino en tamaño brindis.

Así que Buenos Aires me dio entre otras cosas el título definitivo. Porque en una vidriera de ferretería me encontré con el alter ego de los gatos de la muerte, el gato eficaz de aluminio (anodizado; ver página 118) que me proporcionó el nombre.

Fue la ciudad de New York la que me dio todo lo otro: la percepción de los miedos a flor de piel, las corrientes de lujuria, la danza desaforada de pasiones. No hay que olvidar que era 1969, seguía la guerra de Vietnam y la vida humana no valía nada y valía todo. Como siempre, pero mucho más evidente.

En Iowa City, donde estábamos concentrados los escritores, podía decirse que la calma era chicha. Pero de golpe empezaron a soplar vientos de escritura, maravillosos. Por eso quiero dedicarles este libro, ahora, a mis amigos de entonces y de siempre:

Fernando y Marta Arbeláez, Carlos Germán Belli, Nicholas y Birgitt Born, Fernando y Socorro del Paso, Marta Fernández, Marisel (Chiqui) Jiménez, Antonieta Madrid, Carmen Naranjo, Néstor Sánchez, Juan Sánchez Peláez y Malena Coelho, Nicolás Suescún, Antonio Urello. A Gustavo Sáinz, que hizo posible la publicación del libro por Joaquín Mortiz. A ellos, y a Sharon Magnarelli y Z. Nelly Martínez, que con generosidad y enorme talento le abrieron al Gato y a mi obra las puertas del Norte, muchas gracias. Miau.

Luisa Valenzuela
Buenos Aires, mayo de 1991

1. Primera visión felina

Cómo me gusta vagar de madrugada por el Village y espiar a los gatosbasureros de la muerte: escarban loquihambrientos en los tachos hasta dar con la basura que bajo las uñas pueda matar de un rasguño.

Él le dijo mañana nos veremos y ella de inocente le creyó. ¿Cómo una mujer gato no pudo ver al gato? Y él, con tanto de ratón, ¿cómo no supo escaparle? El gato de él era negro ojosdebrasa, y en el Village nevaba. Pasó bajo la nieve un cartel que decía Dios está vivo y bien en la Argentina; las piedras habían acribillado la palabra Dios, los ojos del gato fulminaron *vivo* y entonces sólo quedó *la Argentina* que ella vio como en sueños y se acordó de él por lo impreciso de su geografía. Él era de Guatemala con el pelo eléctrico y un polo positivo para atraer al gato hasta el borde de su cama.

Cama. No es lugar para morirse: indigna horizontal, prefiguración gratuita.

Me gusta vagar por el Village con el débil primer rayo, mientras solapados desconocidos desandan su camino de espaldas para recuperar portales y los gatos de la muerte se erizan y se vuelven pura corriente de afilados cuchillos.

Las paredes de piedra son más rugosas de madrugada, pasan ráfagas que no son de este mundo. Hay que acechar a los asesinos en zaguanes para que la descubran a una.

Nada es fácil en la madrugada, y menos aún valiente. La nieve se recalienta y en el medio le sale una mancha de sangre allí bajo la tercera hamaca en el parque de los niños cerrado con cadenas.

Él le dijo nos veremos mañana y hasta él lo creía. ¿Por qué entonces entró en el improbable baño de los túneles y dejó que otro hombre le sorbiera la vida? Era un hombre encorvado –no él, el otro–, doblado en dos por la costumbre de mantener la boca a la altura de braguetas y para morirse no podía merecer ni un gato, ni un solo pelo de gato de ésos que vuelan con los vientos esquineros del Village convertidos en dardos para traspasar cerebros. Era un inmerecedor de gatos y él dejó que lo chupara sin acordarse de ella, sin imponerle el nombre de ella como una nueva cruz. Dejó que lo chupara y quedó indefenso; si todo el mundo sabe que el gato de la muerte les teme a los testículos, los buenos testículos cargados: talismanes de vida.

Vampiros hay para todo. Nuestros líquidos son inagotables, nuestras secreciones. En la esquina de Bleecker y Carmine se topó con su gato. ¿Cómo iba a ver al gato si al hombre de los baños no le vio los colmillos? ¿Si no supo de la sangre menstrual en los baños de hombre? La sangre de los hombres brotando carcomida, disfrazada de blanco.

No me crucé con él porque a mí me gusta pasear de madrugada por el Village y a él, de noche. Dudo que se me pueda ver de noche: soy color de las tinieblas. Pero sé caminar entre vientos esquivando los pelos de los gatos, sé ver brillar el cuchillo cuando brilla y hasta sé ahogar el grito si algún desaforado me aprieta la garganta.

Cruzar no lo crucé, pero mi eterna humildad me llevó

de rodillas a su cama y mi amor por la gente me metió entre sus sábanas y él estaba agotado e indefenso. Mi lengua topó tabaco y supo que una lengua de hombre ya había incursionado por esas tropicales zonas tiernas. Comprendí. Entonces me eché a su lado y le conté un cuento lento acariciante para completar su entrega. Hasta que oí el maullido y pude irme, silenciosa como había llegado, afelpada y un poco peluda, toda yo una pata de gato, almohadilla con ganas de lamerme, un poco enamorada de mí misma de tan dúctil. Y afuera ya es de día, perdí el amanecer. Me pregunto qué me obliga –yo tan bella– a ser cómplice de un gato de la muerte. Un vil gato basurero.

Me pregunto y hasta logro responderme, ni lo duden. Es a causa, o a raíz de, o más bien por la culpa de mi monomanía de leer en un sótano los diarios atrasados. Me traen las mejores noticias: las cosas ya ocurridas que no pueden faltarnos el respeto –refulgentes y odiosas– y que acuden a mí cuando no pienso.

Quedo así escuchando chirridos exteriores más bien desafinados.

Se me estiran los tímpanos revénticos.

Las mentiras una a una se dilatan y tengo canallesca sed de estar muy sola y observar mi propia imagen por el ojo de una cerradura periscópica.

Así sabré; quizá alguna vez llegue a saber por qué razón los gatos de la muerte me han tomado de amiga. De cómplice, más bien: yo tan inoportuna como siempre, tan desaconsejada.

Una nota finita me llega desde lejos y parece un llamado. Sólo yo aprendí a no responderle, me mantengo piola en mi canasto enroscada en mí misma sin siquiera estirar el pescuezo y asomar la cabeza para ver lo que pasa. Empiezo a saber del temor que me embarga: la razón de mis actos.

Él me hizo leer el artículo. Estaba en bastardilla: era acuciante. A continuación lo transcribo para descorrer los lienzos de los noctisecretos ignorados por otros. –Como creo haber dicho, me quedo enroscadita en mi canasto observo por hendijas de la paja y anoto y anoto sin hacer comentarios.

Vamos vieja ya sé de qué se trata qué tanto venir haciéndote la fina.si a mí no se me escapa ni un suspiro. Mucha pata de gato almohadilla con ganas de lamerte y estás allí sentada con ojos tan opacos. No sabés lo que es lavar los platos ni romperse las uñas rasqueteando los pisos. Ni sabés de la vida: sólo tenés en la mano algún informe, tres o cuatro detalles rejuntados.

El informe lo tengo en mi guarida al alcance de una mano cenicienta. Pueden pasar tres cosas:

a) que salga el arco iris y lo borre,

b) que al contacto con el aire estalle y se disperse,

c) que envuelto en una membrana transparente lo dé a publicidad para alentar al mundo.

Opto por c)

pues el secreto nunca debe ser privado de las luces de un destino incierto.

y opto por d) por e) y por f) que no existen.

Otrosí digo: es un informe perimido aún vigente y por eso lo acaricio con la lengua, lo desarmo en un rompecabezas como siempre sucede con las cosas que a mí acuden para que de una u otra forma las posea, las dé a publicidad.

ALGUNAS CONSIDERACIONES ZOOLÓGICAS

Como ya se ha dicho, los gatos de la muerte insertan bajo sus uñas cierta basura secreta para dar el zarpazo final. Algunas amas de casa avisadas se cuidan muy bien de tirar sus fetos al tacho o de sacarlos a la calle. En general los desintegran con el triturador de la pileta de la cocina y dejan a las cloacas hacer el resto. Se explica así lo que muchos interpretaron como el suicidio colectivo de los gatos de la muerte, en realidad un intento desesperado por nadar río abajo en procura de alguno de esos restos, vitales para el cumplimiento de su letal deber.

Otras amas de casa rocían los fetos con spray esterilizante, otras llegan al punto de comérselos para evitar la contaminación. Los gatos de la muerte acechan a las amas de casa, las esperan con la boca abierta dentro de los inodoros y en general perecen víctimas de la cadena.

Pero no hay que temer el exterminio de la especie. La reproducción de los gatos de la muerte es instantánea y fulminante: no es el lento proceso de nacer, es el expeditivo acto de morir, pero a la inversa. Mueren de allá para acá, del otro mundo a éste. Por eso hay quienes creen en la sinceridad de los gatos de la muerte, en sus buenas intenciones: vienen a hacernos el enorme favor de sacarnos de este caos para llevarnos al de ellos.

Hay personajes un poco tenebrosos que tienen, quizá sin saberlo, un gato de la muerte de mascota en su casa. Le encienden hogueras para que duerma tranquilo, lo acarician a contrapelo para que se cargue. A esos señores se los llama sádicos, a veces masoquistas. Alimentan al gato de la muerte —no con leche claro está— y hasta cometen la tontería de castrarlo para volverlo querendón y cariñoso sin saber que dejan así insatisfecha a más de una virgen marchita y responden a los secretos designios del gato que no quiere ser semilla, sino hacha.

2. Esta perra vida

I

A los gatos de la muerte una vez les opuse los perros de la vida, dogos blancos con fauces que importé de la Argentina. Blancos y rojos por lo tanto, y gusto a sal entre los dientes: fieles a la destrucción, buenos muchachos buscadores del odio. Cuando bajo el arco de Washington les suelto las cadenas el revuelo es fantástico y los gatos de la muerte me miran azorados. Sólo yo desconcierto a los gatos de la muerte. Yo que era su aliada y puedo ser su rival, con la misma sonrisa.

Lamismasonrisa, como oyen, exactamente igual para perros o gatos. Para los que están en uno u otro extremo de esta vida. Los gatos son perezosos e infieles, los perros de la vida tienen una naturaleza ávida, tenaz, que los hace insoportables; son jueces y todo. Monaditas.

Perroblanco busca gatonegro. Diente blanco busca carne negra y a veces se equivoca. Veo debatirse al pobre tipo contra el colmillo que lo desgarra. Lo adivino deslumbrado ante el blanco destello perforando su carne. Y su lucha –la del negro– por ocultar el rojo de la sangre y no dejarla hermanar con las fauces del perro allí donde todo tiene un aire matarife. Carne viva y fauces, unidas por un líquido social y aglutinante. Pero hay que tranquilizarse: todo el mundo sabe que los perros de la vida nunca pueden dar muerte. Claro está. Naturalmente.

Hete aquí que por el Village, desde ahora, se pasean unos negros ululantes desgarrados y más vivos que nunca, con nervios a la intemperie, sufriendo cada brisa, cada mirada penetrante. Andan como locos en procura de un gato de la muerte, día y noche sin reposo, pero tal olor a perro ha quedado impregnando sus entrañas que ni los gatos se acercan aunque los negros larguen la clara nota de las gatas en celo al trepar por las escaleras de incendio.

Ya no estoy tan feliz conmigo misma. No me admiro más por el momento, ni me aplaudo. Los crepúsculos los paso tras los negros desgarrados, colgándome a sus cuellos, lamiéndoles la heridas en la nuca. Yo importé los perros de la Argentina y me traen contratiempos. No debiera asombrarme, viniendo como vienen de una dictadura. Ahora andan sueltos, he perdido ascendiente sobre ellos, tres perros de la vida capaces de desatar el pánico. En el Village, nada menos. Y ni siquiera combaten a los gatos de la muerte.

Tienen nociones muy elementales, estos perros: no saben qué es un gato. Les han dicho cuatro patas, color negro, ojos de brasa. Ya se comieron a tres bebés que gateaban –recuperados ilesos por sus madres después del vómito, para siempre con pulgas–, desgarraron a negros del Transvaal, quisieron tragarse el fuego donde giraban las salchichas en la calle McDougall.

Yo gemí por los bebés y reí a carcajadas al ver a los perros desprenderse del suelo a cuatro patas corcoveando feroces con las bocas cargadas de tizones ardientes y resoplando chispas. Sólo con lo de los negros no logro definirme. Estos perros han creado una raza más bella aún y más lamentadora. Las heridas brillan en la noche y me atraen como faros. Por eso corro a pasarles la lengua y fui feliz hasta que supe que tenía competencia. No se puede inventar nada nuevo en este Village, nada se puede hacer sin que surjan rivales. Yo traje a los perros –les grito–, soy yo la que amo a los negros. Ellas nada quieren saber de mis aullidos y quedan con la boca adherida a desgarrones para no dejar que cicatricen. Parecen lapas de la carne humana y sus piernas son bellas como banderas mientras los negros corren desaforados queriendo desprenderlas, corren, se retuercen se revuelcan y se frotan contra las rugosas paredes de piedra –más rugosas en la madrugada–. Mujeres al fin, ellas sufren los vejámenes y se quedan adheridas, también sangrantes ahora, también en carne viva hasta que los negros fornidos caen exangües y es entonces cuando empieza el acto del amor. Una penetración total, un contacto perfecto vena a vena, la absoluta entrega y el jadeo continuo: masa sangrante y suspirante que una vez fueron dos –o tal vez más de dos porque cada persona es ella y sus desdoblamientos– y ahora es sólo esa masa sangrante y suspirante, con ricos borbotones, al fin recompuesta en identidad única, entregada al amor que es el exterminio.

Bien puedo acariciarlos sin que ellos lo noten y contribuir con mis lágrimas a la licuefacción final cuando los veo dichosos desaparecer por alguna alcantarilla. Puedo sobre todo envidiarlos a fondo, yo que nunca me entrego y no sé desgarrarme y nunca voy a tener en esta piel tan tersa ni una sola heridita que me hermane a los otros.

Por eso puedo pasearme impunemente entre perros y gatos y entre hombres, puedo encarar al Village y añorar ese tiempo distante en que hacía miedo. Un dulce miedo amigo bueno para las tripas, miedo cercándome a mí misma, forzándome a temblar para adentro. Miedo que echo de menos, que me falta.

II

Ya no hay agua en el Village, proscrita por los gatos para
evitar que se apaguen los incendios. A mí me gusta el fuego
por eso tiro el fósforo y me alejo tratando eso sí como al
descuido de achicharrar un perro de la vida. Los he rociado
con nafta, cubierto con napalm, y ni se inmutan. He podido importarlos, no puedo destruirlos. Perros de la vida, perros al fin, no se chamuscan ni se vuelven carbón que siempre es negro ni siquiera llaman al cuartel de bomberos.

Quiero contribuir al concierto de sirenas, que algún
aullido mío perfore piel de noche. Quiero que habitantes
de subsuelos se revuelquen en camas y despierten a espiar
por albañales. Para su bien o lo contrario quiero que vean
porque el rengo es mi amigo.

Un pie a veces le falta, a veces le cortaron las dos piernas y un buen par de muletas lo sostienen a escasos diez
centímetros del suelo. El culo entre la nieve yo le digo y él
sabe sonreírse, sonreír con el culo donde termina el cuerpo,
un poco interrumpido.

Yo corro tras el rengo y le hago zancadillas, por algo
aprendí rugby. Corriendo me tiro al suelo y me abrazo a
las muletas; mi boca queda a la altura de su sexo y no puede así escaparse hacia los baños de hombres. Es bestial lo
que debo hacer para que el rengo no se deje fascinar por
subterráneos. Mis misiones nocturnas son penosas e infi-
nitas y ya no tengo a quien encomendarme. El hocico me
duele de tanto olfatear calles. Hoy es mi buena acción,
mañana mi desquite; beso viejitas para merecer el cielo, el
rengo es mi infierno y en él me complazco. Puedo fácil-
mente dividir en dos el mundo, esperar al solcito que me
crezcan las patas, dejar de ser rubia para ir siendo negra

como de terciopelo y saber no erizarme si me llaman tarántula. Cuesta mucho aprender a no ofenderse: si me llaman tarántula me dan incontroladas ganas de enroscar las patas, abrazarme a mí misma, salir rodando por el mundo y olvidarme de todos.

Suerte que muy pronto me noto los colmillos, los chupo con fruición y envenono mis propios pensamientos para no hacer el bien. Ese bien infinito que es morirme.

Quiero seguir viviendo para ayudar al hombre a mi manera. Al hombre, he dicho; la mujer es irredimible. Sí, quiero ayudar al hombre exponiendo sus faltas, delatando miserias, abriendo sus heridas. Lo voy a destrozar para ayudarlo, disolver en partículas de ayuda. Le enseñaré a morir la muerte de otros seres, sabrá cómo es más vida la letal experiencia de la muerte. Amores que persisten no sirven para nada, yo le canto a la gloria del destrozo. Nada he dado de mí en esta vida, soy sublime en lo inútil, y ahora quiero que los hombres del mundo me comprendan: poco tengo que hacer para salvarlos, sólo el esfuerzo triste de destrozar su imagen. Poco he de saber, no estoy contenta, no quiero ser araña, me voy a cambiar de sexo.

Soy un joven atleta y apolíneo, bastante pornográfico. Perdí mi don de gatos y de gente, me tiro a la piscina del trampolín más alto, las niñas me contemplan, en el aire yo cambio de posturas, luzco un torso brillante, unos múscu-los tensos. Del trampolín más alto pareciera que vuelo, tengo músculos hechos para conocer secretos: del mar y de los ríos, de charcas y de acuarios. Ay dios cómo me aburro.

Si me aburriera menos, si lo quisiera más, si por fin yo pudiera codearme con la gente y no sentirme extraña. Pongo mi pasión en juego y también mi saliva. Doy mi reino y el Village, un viaje en Aerolíneas hasta Ezeiza. Doy eso y más también y quizá menos por no tener que ser un dios omnipotente, señor de alcantarillas, vana boca total creadora de las moscas. Si me aburriera menos, si lo quisiera más, si por fin yo pudiera

3. Mayor capilaridad, imposible

PELO POR PELO

Ella le pasó la mano por la cara, le rozó la nuca, le dijo nunca vuelvas a dejarte enamorar por un reflejo, no busqués más el goce en un solo de flauta. Adentro todo es negro, Herbie Mann está muerto y sin embargo afila sus notas en la noche. Muy bien puede ser la tibia de algún desconocido, flauta de puro oro, música exasperante. Allí están: cuatro hombres de turbias ascendencias desarmando la calma. El contrabajista que importa sonidos del infierno, el voltaje supremo de un guitarrista loco de corriente alternada, aquel que le arrancó las teclas al vibráfono y tocó por las calles para que gatos de la muerte lo siguieran. Y allí está Herbie Mann, y allí estoy yo que lo venero llorando de despecho abrazada a mis perros.

Pero ella no podía saber de los cuartetos. Quería retenerlo y le arrancaba los pelos con vehemencia sin escuchar la música prendida en sus raíces. Él sólo lograba vibrar como una cuerda, era música ya, y ella quería un hombre sin colores para ir a abrevarse en las fuentes del juicio. El sano juicio, sí, el que tienen los otros, del que hablan los libros y que él tan sabiamente ha dejado colgado de una percha bajo el foquito eléctrico. La pieza está en desorden, sórdida de puro cotidiana: un par de calcetines enroscados, unas sábanas grises con tres manchas de esperma, esos platos con costras de comida. Allí ha quedado solito el sano juicio y él va buscando un diapasón amigo tratando de afinarse con el cosmos.

Ella no lo sabía. Sólo ciertos milagros son dables para todos, milagros como masturbarse entre amigos en un cine o morirse de tedio alguna madrugada. Pero convertirse en música ¿quién puede comprenderlo?

Ella era de Brooklyn, donde está mal mirado que pasen esas cosas. Él venía desde Haití y nada le importaba: allí hablan francés y aceptan que la música sea callada y oscura, cantada para adentro.

Ella persistía en la impiedad de arrancarle los pelos sin querer escuchar el son de cada nota en cuarta disminuida. Y él ni se quejaba, se quejaba la música en tono muy menor, un rechinar constante, pelo a pelo, que era un largo lamento.

El viento logró llevar la queja por las calles del Village. ¿Cómo puede la gente aún vivir en el Village, durmiendo por las noches, bebiendo por las tardes con tanta interferencia? El viento no se apiada y arrastra los lamentos, multiplica súplicas, oficia de parlante. Hay muchos que dejándose mecer por los quejidos logran sueños tan dulces como copos de azúcar, esponjosos y tiernos. No es difícil entrar en esos sueños, basta creerse insigne un poco angelical y muy benéfico. Es el tipo de sueño que comparten los pibes de la mafia cuando duermen beatíficos sobre ametralladoras después de haber casado de blanco a sus hijas en la iglesia católica de Leroy y Carmine.

Pobres doncellas tiernas las chicas de la mafia, no han sido holladas por la mano del hombre ni siquiera por su verga. Conocieron tan sólo un caño de revólver, alguna cachiporra, objetos inhumanos tanto más enemigos que la amable botella de dulce coca-cola.

Ella ha sido de esas niñas desvirgadas a hierro, aunque

un poco más tarde pasiones tenebrosas ganaron la partida. Y muy humanamente –a veces con la mano y a veces con la pinza– le arranca a él los pelos sonoros, que son todos. Trabajo de titanes queriendo redimirlo, sin saber que lampiño ya no tiene atractivos y de todas maneras se arrancará la piel para seguir vibrando con tendones al aire.

Herbie Mann está muerto, me dijeron, y ahí no más lo tengo sembrando melodías. Es algo ya enfermizo.

Él se dejó arrancar los pelos uno a uno sin quejarse al saber de los otros que hacen cola en el Village. Los otros a la espera de cera derretida que de un solo chasquido les extirpará el vello. Ni un pelo superfluo ni uno de los otros:

a los pelos se aferran gatitos de la muerte lenta, gota a gota, que son como ladillas.

Tanto sacrificio inútil por quedarse en el Village, por no irse hasta Chinatown o quizá a Park Avenue donde sólo existen visones de la muerte que matan con caricias.

Una depilación completa, cuerpo entero, me pregunto si valdrá la pena quedarse en este Village. Sus energías las gastan en odiarse y en golpear a la gente con los tacos si juegan al billar, pero fuerzas para irse no les quedan. O quizá no sea eso, nada de eso. El Village tiene imán, un polo positivo en el ombligo: el olor a la muerte.

A veces atrae a los de afuera	Herbie Mann, por ejemplo, tan blanco y tan cuidado. Impecable.
A veces deja que el infierno se cuele sin quererlo	Herbie Mann cuando toca, y la gente se retuerce como víboras por culpa de su flauta.

A veces corta la realidad en dos
y sólo deja entrar lo que le pertenece.
Y guarda para sí lo que le importa:

> Una cadencia de flauta, la
> eléctrica nota de una guita-
> rra sosteniendo la histeria.

Y Herbie Mann se calza sus protectores guantes, se re-
fugia en su auto y apretando un pedal navega hacia la nada donde el Village termina, donde empieza su casa frente al parque benévolo. Y vuelve al día siguiente a cosechar
la histeria que ha dejado sembrada.

Él sí que no depila su cuidada barbita, sus bigotes. A
muy poco le teme, tan limpito, con el limpio sonido de su
flauta ignorando que un agudo sostenido atrae más a la
muerte que un Mick Jagger cualquiera.

A mí me gustan cositas más sutiles que los golpes, pasiones con más tempo que la furia.

El amor, por ejemplo, si está contaminado, o el deseo
visceral y nunca satisfecho: un deseo que me deje en carne viva y desgaste los miembros de los hombres. Por eso
me detengo casi siempre a espiar las parejas, admirando
sus bríos. Por eso lo admiro a él mientras vibra converti-
do en su música a pesar de la mujer que pelo a pelo le
arranca hasta las tripas.

Pero ni el dolor ni el miedo lo distraen en su empeño.
Ahora lo llevarán a amenizar veladas. Con sólo dejarlo allí,
tirado en un rincón, la sala se les llena de una música acuo-
sa como la de un contrabajo. Una música que entra por el
cuerpo y lo atraviesa todo, y a veces se zambulle por la bo-

ca y sale entre las piernas para avivar el sexo. Música táctil, de ondas perceptivas, vibraciones del aire que a veces sólo atacan por el plexo solar y cortan todo intento de respiro. A él lo dejan tirado en un rincón, lo patean para que aumente el volumen, y él cumple con su deber desatento de todo, liberando locura para que nosotros que sólo somos esto bailemos con esfuerzo a cada latigazo de sus notas.

El baile es siempre así, un gran esfuerzo. No baila quien no sufre, aquel que no convierte su lucha en movimiento. Bailar es lo último por hacer en este mundo, lo poco que nos queda.

Digo nos y nosotros y me estoy hermanando por un rato. Durante demasiado tiempo no soporto a estos seres como mis semejantes. Son demasiado estúpidos, demasiado ateridos, confunden venas con arterias y no saben chupar cuando hace falta. No tienen sangre, lo aseguro, lo sé porque en el baile muchas veces les destrozo la carne, me aferro a sus espaldas con mis agudas uñas y no sale ni un líquido. No necesito darme vuelta a ver los huecos negros donde no brilla nada, en mis poros lo siento, lo siento en mi epidermis. Nada fluye de ellos, nada viene hacia mí a calentarme un poco.

Pero un rato me hermano, me muevo con sus ritmos, me dejo atrapar por sus histerias. Sobre todo cuando él hace música, cuando la música es él y los dientes rechinan.

Bailan los sin pelo, depilados, en un gesto de horror llevado por el viento. Bailan los queridos descuidados que han dejado volar todas sus chuzas como si en el aire cada pelo no se convirtiera en mosca. El baile puede darles inocencia, nunca olvido. Saben con cada paso, con cada movimiento de los codos, que han sembrado en el Village insectos capilares detestables. Se han salvado eso sí de gatitos pequeños de una muerte muy dulce. Y han creado las moscas, las moscas que ahora cubren todo el arco de Washington y ocultan la fuente bajo palpitantes sombras. Moscas verdes de carroña, con reflejos dorados. Verdaderas bellezas. Algunos ya las llevan de adorno en las solapas, otros se cubren con ellas la cabeza para ocultar su calva. Otros han llegado a la traición y bailando bailando se han ido de la sala donde él es la música para llegar a esa otra donde el ritmo está dado por miríadas de moscas que zumban en el techo.

El baile no debe terminar donde están los pelados. Sin los gatosladillas, con pelos como moscas, la felicidad los lleva al gran esfuerzo. Deben vencer a los otros, los de largas melenas orgullosos que no aman la danza. Que detestan las moscas.

Admiré a los otros por un tiempo. Parecían más finos y más apaciguados: bien crueles. Por eso de Santiago del Estero les traje mis ideas: allí los caballos llevan largos flecos de cuero para espantar los tábanos. Supieron escucharme y cortaron tientos en sus ropas de cuero. Así no los ensucian las moscas que son pelos de los otros, no arruinan su belleza tan hecha de coraje.

Ahora soy feliz cuando los veo convertidos por mí en un harapo, con ropas desflecadas.

Sobre todo les tengo una gran lástima: no conocen la música alienante en la boca del estómago. No saben tragarla a grandes sorbos sin el aire y dejar que les reviente la cabeza. No tienen unción para sacudirse al perforar la flauta. Nada de taparse los oídos, de templar los propios gritos con la flauta.

Ni siquiera escuchan la música de él, pobres incautos, ni saben que ese hombre ha entregado su cuerpo a los sonidos. Son un mero fleco, pobrecitos, puro andar en melena y besarse en la boca sin saber a qué sexo pertenecen.

Yo quisiera ayudarlos pero no dejan que les lama la nuca suavemente. Por eso una vez más me recojo al solcito, me convierto en tarántula y les como las moscas de la cara.

Tengo otro problema con los pelos, no sé si analizarme: sospecho que ráfagas heladas los transportan y aceleran hasta hacerlos letales. A veces sin embargo abandonan su carga destructiva y sólo enhebran collares para vírgenes marchitas. Ellas sí que merecen mi respeto porque brindan su leche a los gatos de la muerte. Son ellas las invictas, las resecas y escarnecidas por los otros: los jugosos de amor.

4. De acá para allá

Yo naufragué en el lago Titicaca.
NICANOR PARRA

Perdonándolo todo saldré a poblar el mundo con gatos de la muerte. Buena falta le hacen a Roma, por ejemplo, o a Chucuito: allí la gente no se muere perdura eternamente como moscas se transforma. En Chucuito vi a una vieja convertirse en piedra, a una piedra en vieja, a una vieja en piedra, y así como en cadenas hasta que todas las ruinas fueron seres humanos y los seres humanos, ruinas. Como siempre sucede. Pero yo seré benévola y a costa de enormes sacrificios llevaré los gatos a Chucuito para que coman los peces del lago, que está muerto, y cumplan su designio.

Me pregunto si a los gatos les afectará la altura. Gatos enloquecidos como pájaros que se dan a volar por la falta de oxígeno y pierden las nociones de la noche y confunden el lago con un cacho de bofe. El Titicaca no es para cualquiera: allí las almas resucitan, muy bien puede estropearme a los gatos de la muerte.

A Buenos Aires eso sí que no los llevo, se van a pelear con los gatos de mi madre. Cazarán los gorriones legados por Sarmiento, harán que se promulguen las leyes de divorcio.

No les tengo miedo a los dramas ajenos ni a los vientos de fronda. Pero al pobre paisito no quiero que lo toquen y se alcen catástrofes. Un solo gato bastaría para la insigne tarea de detener el aire. Las cosas que allí ocurren no se ven por las calles son secretos hilados de silencio con la urdimbre invisible y trama de misterio. Nada se ve en la esquina de Suipacha y Corrientes aunque todo suceda y la Argentina arda. Una ciudad de espaldas, creciendo cuidadosa, en un país que empieza a desarmarse para encontrar su forma. No ha llegado el momento de llevar a mis gatos con sus ojos tenaces. El peligro de estos bichos no es la muerte, como indica su nombre, sino algo más sutil y más dañino: la clarividencia.

Algunos están, otros ya se han ido, pocos son los que saben de hilos subterráneos que se mueven armándonos la vida. Debajo de la tierra corren los ríos de lava un poco sofocados hasta encontrar la brecha, ese mínimo cráter, y la erupción empieza, con el fuego y las piedras, y es poco duradera. Pero el sedimento queda, el río sigue corriendo, y no creo que convenga abrir ya las compuertas para el loco desbande con gatos de la muerte. Conozco el secreto de volcanes dormidos: necesitan su tiempo, calor y algunas lágrimas. También sé de lo otro: la fertilidad esplendente después del cataclismo, el poder primordial de la ceniza.

Hay que dejarlos solos que descubran sus ojos y todos sus derechos. Imagínense que si llego con los gatos van a techar Buenos Aires. De las bocas de tormenta surgirá la más atronadora de las músicas y se verán las proyecciones luminosas del hambre y la miseria, de protoplasmas vivos y mujeres pariendo. Imagínenme ustedes llegando con mis gatos, el asombro del pueblo si todo oscureciera y se encendiesen las luces de colores. No quiero ver imágenes sobre el Banco de Londres o en las blancas paredes del Cabildo. Y eso que serían proyecciones bellísimas, escenas de la zafra en Tucumán y Salta, incendios en Mendoza.

Todo lo que está por ser, lo que está siendo, lo que desean algunos y los que contraatacan, visible en las paredes. Los gatos son así, desencadenan furias, delatan los propósitos y ya nada se puede conseguir callando. Es decir que una música nos ensordecería a todos, y muchos reflectores lastimarían la vista cambiando de color o en juego intermitente. Luces estroboscópicas para vos Buenos Aires sin un compás de tango, acciones bien foráneas. Y fieles transeúntes perderían el sentido de distancia y por fin habría el tan ansiado acercamiento entre los hombres. O entre las mujeres. O entre los hombres y mujeres descolgando los sagrados estandartes de las buenas costumbres.

Buenos Aires no merece tamaño enfrentamiento psicodélico. Nada ha hecho para merecerlo: ni como recompensa ni como algún castigo.

Por eso los gatos de la muerte tomarán el jet hacia Chucuito, cruzarán el lago hasta su reino de muerte en Tiahuanaco. Y después se olvidarán de América en busca de otros rumbos no menos fascinantes ni más desconocidos. Y yo siempre detrás con un paraguas, con un largo tapado y los látigos rojos a los que no obedecen.

Mas no es fácil viajar, ya lo sabemos. Trasladarse significa descubrir la verdad detrás de los paisajes, romper laboratorios para ver qué hay adentro.

Atención atención, gritó en el parque. El porcentaje de DDT en la leche de madre va en aumento. Y yo me alegro de haber llegado a esta comarca con noticias para mi regocijo. De hoy en adelante que no mamen los gatos; como únicas mamantes las nombraré a las pulgas pues se debe acabar con los seres serófagos,

los sanguífagos, pocos e innombrables que del suero vital aprenden a nutrirse en lugar de morir.

La sangre sólo sirve para andar muy sueltita por el mundo, torrenteando y corriendo liberada de venas y de arterias.

Me gusta a borbotones, la quiero como amiga cuando resulta inútil. Incoagulable, sí, evitando las costras: las grandes aisladoras.

Aislantes necesito pero en otro sentido: una capa epidérmica así el viento no irrita mis nervios descarnados —a

flor de la flor que soy, concupiscente pero muy altanera–.
No como otros que andan por ahí chirriando desollados
(ver capítulo 3).

Hoy no voy a jugar más a ser maldita. Voy a salir durante el día por las calles, no pondré más anónimos en puertas. Con lo que me gustaba vestirme de inocente y correr al amparo de la noche a clavar obscenidades en balcones. Será el de hoy un verdadero sacrificio porque me estoy poniendo vieja y con horror compruebo que he dado los mejores momentos de mi vida a no importarme nada. Ni siquiera yo misma y eso es malo: hay que saber tomar en cuenta lo contable, velar por lo velable.

Ahora hay un sol que es casi de verano, me pregunto si no estoy traspapelada. Y es lindo sentarse como cualquier persona a tomar un refresco con pajita. Hoy soy buena y quisiera decírselo a la gente, asirla por los hombros, sacudirla con furia y patearle el estómago para que me comprenda. Sé que ése no es método, voy a cambiar de estilo

---

"NO TEMO A LOS GATOS"
Dice paciente a quien injertaron piel de rata

---

pero el viento me trae los diarios, los informes, y yo quiero escribir de otra manera, no escuchar este canto tan monótono que me suena detrás de las palabras. Hay cosas que nos hacen volver a la crónica simple, a la indignación cotidiana de los que desayunan

No teme a los Gatos

A más de lánguida y de mirada solitaria, la señora es simpática:
—No les tengo miedo ahora a los gatos. Es decir nunca se lo he tenido. Cuando viví en mi casa de campo en Boyacá, desnuqué una gata. Viví con mi papá en la selva y maté serpientes...

Buena señora, pobre, con piel de rata en la piel, con eternas ganas de andar por albañales comiendo porquerías. Gente así se necesita en este mundo para que los pelos de los otros queden siempre de punta. Gente como esta señora dispuesta a cada instante a una guerra activa y cara a cara

—No pensé nunca que en mi piel pudiera vivir la piel de una rata... Una vez peleé con una, encerrada en un cuarto. El animal me gruñía y buscaba acorralarme... Me armé con un chuzo: o me mataba o la mataba... Nos espiamos por largo rato y al fin logré atravesarla con el hierro.

Sólo doy testimonio. No me pongo a opinar porque el día es radiante y no estoy acostumbrada a estas solaciones. Pero si me permiten, creo que es una temeridad no temblar ante gatos si se ha bajado a las cuevas y se ha vuelto enratada. Los médicos no tienen derecho a hacerme a mí estas cosas. Cuando me vaya de Chucuito los gatos escaparán rumbo al norte, atraídos por un brazo con dos injertos ráticos. Y esta señora por demás malvada no sabe del daño que puede ocasionarme. Los gatos de la muerte echarán a correr hasta Colombia, los médicos de allí se sentirán felices creyendo que hacen algo por la ciencia. Y la señora cuyo nombre ignoro tendrá para ella sola tres gatos de la muerte, dirá que es un milagro, concederá más entrevistas a la gente de prensa y, por ser tan ignorante, dirá barbaridades sin saber que es a mí a quien le debe todo.

–Por qué pregunta si les tengo miedo a los gatos, indagó.
–Porque como usted lleva algo de rata, se le respondió.
–¿Usted supo que le injertarían piel de rata?
–Yo llegué al hospital más muerta que viva... El doctor Bonilla Naar me pidió consentimiento. Ante la disyuntiva de vivir o morir, le dije: doctor vamos a trabajar en llave...
–¿Y?

> –...Aquí me tiene. Soy optimista. Estoy en manos de Dios y del doctor Bonilla Naar.
> –¿Qué sintió cuando le dijeron que le injertarían piel de roedor?
> –No sentí... me dije: aquí no vas a morir infelizmente.

A morir infelizmente.

A morir, infelizmente.

A morir, infeliz, que es lo único que queda por hacer en esta tierra, la única actividad vital realmente noble. Ir dejando el lugar para que otro se joda en mi reemplazo, se encuentre con deberes, arme rompecabezas como éste o rompa las cabezas que más quiere. Siempre con gran cuidado, eso sí, apologando, siguiendo paso a paso mis misterios, haciendo por ejemplo apología a la huida de verdad, la verdahuida.

De noche oigo tambores, me ensordecen los ruidos de la calle. Un redoble firme me llama a degüello. Es bueno sentirse así acompañada, acunada por los dulces tambores de la horca.

Voy a hacer una apuesta contra el otro sector de mi persona. La parte cotidiana de mí misma que teme al sufrimiento y a la muerte. La parte que se asombra, quizá la que más vive por cobarde. Debe ser que los tambores ya vienen a buscarme, debe ser que alguna vez les hice falta, que en algún rincón de casa, en cualquier lugar del mundo, el cadalso me espera y ya está armado.

No hay que ser fatalista. Si de noche oigo tambores, más vale largarme por las calles y hacer como quien busca, disparando.

Huir no siempre es cobardía, a veces se requiere un gran coraje para apoyar un pie después del otro e ir hacia adelante. Nadie huye de espaldas como debiera huirse, por lo tanto nadie sabe qué es la retirada, el innoble placer del retroceso: disparar hacia atrás en el tiempo para no tener que enfrentar lo que se ignora.

Nadie huye de la verdad, no es cuestión de salvarse la vida para seguir muriendo.

Yo puedo atestiguarlo, vayan ustedes formando no más los tribunales.

Me he pintado la cara para hacer más efecto, mi piel está ya blanca como tiza. Pero han de apurarse: no olviden que corro contra el tiempo, mi carrera es de espaldas. En algún lado me espera mi cadalso, redoblan los tambores.

5. Ha llegado mayo sin perder el norte

CUESTIÓN DE PACIENCIA

Es demasiado hermoso para ser mentira, demasiado imposible y asombroso. Me lo cuentan para que establezca mis dudas y yo les digo no hay que ver para creer, sólo palpar alguna idea o dejarse llevar por las desesperanzas. No hay que ver para creer ni suspirar muy fuerte para que la crean a una. Basta cerrar los ojos y allí están todas las posibilidades, las no menos remotas por factibles o aquellas tan sólo despertadas por un dolor agudo en el costado del cuerpo o en el fondo del cráneo.

Hasta en la piedad creo cuando no me acucian demasiados deseos. Es cuestión de creer en lo que pasa, en la materialización de remotos presagios o en premoniciones destructivas coartadoras de vida.

Vida hay una sola, me dijeron, y no sé si creerles. No veo qué me obliga a morir para siempre. Mi árbol genealógico se parece a una mata y me anteceden espinas venenosas. Que no oiga mi familia, mi buena familia meritoria. Me anteceden espinas porque sé que una viene de donde corresponde, nadie es lo que es si no se lo merece y menos yo, eterna luchadora.

Tengo un amplio alud de oposiciones, ha llegado la hora de retirarme al campo y ponerme a escuchar los arroyitos. Puedo cambiar mis arañas por ranas cantarinas y cazar para ellas mayor cantidad de moscas, puedo distraer mis ocios chupándome el dolor de las espinas que son mis bisabuelas.

En el campo la vida se me haría más fácil y más reiterativa pues se repite en idas y venidas de las hojas. Sé que si me voy sin decírselo a nadie podría quedarme allí cumpliendo con los ciclos. Podría reverdecer en primavera, morirme para dentro con el frío, y hasta dar algún fruto. Pero para eso se requiere extrema soledad y a mí ya ni me dejan sola. Siempre hay alguien detrás de mis espaldas observando mis gestos para redactar denuncias. Un agente secreto vestido de inocencia, algún oscuro redentor dispuesto a mi condena por salvarme. Por eso no puedo permitirme libertades del tipo que menciono, ni siquiera enterrarme en un pozo a estudiar cómo viven las lombrices.

Tampoco quiero hacerle mal, pobre agente secreto, espía doble de insospechadas potencias a las que no responde.

Para llevar a cabo mis tareas necesito estar sola pero ya le he tomado simpatía a mi oscuro sabueso. Sólo opina sobre la elección de mis perfumes o me obliga a alejarme de tachos de basura. Esto no me lo ha dicho, pero pienso que fue rastreador allá en su patria, encargado de olfatear conspiraciones o algún levantamiento entre las masas. Y ahora apenas me tiene a mí, qué decadencia, se ha entregado por mí al desenfreno y eso que soy sólo una aunque me multiplique. Suele darme lástima cuando me despierto por las tardes y lo encuentro inclinado sobre mi hombro. Entonces le converso, le hablo de esas noches jugosas cuando hacía yo mi santa voluntad, descubro que lo humillo y para cambiar de tema le cuento su pasado que visto por mis ojos adquiere matices de locura nada despreciables. Como yo, él sabe que hay que estar atento a la locura, bendecir su llegada. Atisbos solamente de lo que está muy lejos, pero atisbos que nos ayudan a comprender el mundo, a recomponer la destrucción ambiente.

Le paso el cigarrillo para alguna pitada y él niega con un gesto cuando el rol que asume se le vuelve exigente. No somos libres, le digo, y él afirma y suspira porque ni siquiera sabe a quiénes obedece.

En una de ésas me decido y lo llevo a mi retiro agreste aunque no va a ser fácil asumir los ciclos en su compañía. Nadie que es vigilado puede recibir con dignidad las estaciones ni inclinarse ante el aplauso de los truenos.

Y él en el campo se va a sentir ausente, sin poder atender a sus deberes. Y eso no lo permito: tampoco es cuestión de renunciar así no más a mis desdichas. Si tengo un vigilante, que vigile; si he de ser observada, exijo serlo las veinticuatro horas del día. Que no pase por alto ni un minuto que puede ser el de mi gloria, el minuto que viene a redimirme.

LA PRIMAVERA

Hojas verdes como el acero que taladran los muslos, pájaros picoteadores en busca de los ojos, un furor expansio-
nista que da sed: estoy haciendo el inventario de las cosas
que llegan con esta primavera. Es tan dulce sentarse a
contemplar cómo salen las hojas y se desperdicia savia para que mamen los desamparados.

A un ritmo acelerado lo veo todo crecer ante mis ojos.
No hice nada para apurar el tiempo: solito solito se lanza
a la carrera si me acerco con la infame intención de enve-
jecerme. Ni para arriba ni para abajo, no crezco ni me
achico al llegar la primavera tan sólo con mi cara de asombro enmudecida veo reventar los brotes y convertirse en
hojas, veo los ríos desbordar de alegría y asisto al crecimiento decadencia y muerte de las ranas.

Las ranas cantan, yo canto. Hacemos un coro disonante para espantar un poco a los gatos de la muerte aunque
la vejez avance a grandes pasos. Están enardecidos los gatos de la muerte con esta primavera. Ellos restregaban sus
lomos ardientes en la nieve y ahora no saben qué hacer
con tanta génesis. Se vuelven detestables cuando nacen las
flores, cuando se quieren olvidar las miserias, abandonar
faenas y entregarse a un ocio creador con esta primavera
dispensadora de dádivas.

A manos llenas salen los muchachos a distribuir sonrisas. Encienden una llave en la garganta e iluminan sus caras: los hay rojos y verdes, los hay de sonrisa intermitente,
y otros con iluminación que corre diente por diente des-
tacando la hilera. Se pasean aclarando esos rincones donde están las parejas enlazadas o un adicto inyectándose
drogas. Su misión es esparcir felicidad a cuatro vientos pe-

ro lo hacen a medias: casi siempre su sonrisa ilumina a los ocultos, los que buscan tinieblas y saben ser felices sin el neón de las buenas intenciones.

Hay gente de lo más complicada: detesta las sonrisas. Sé por ejemplo de una pareja que necesita alejarse para hacer el amor, lo más lejos posible el uno de la otra para poder quererse locamente en entrega sin frenos. Muchas veces los pasajeros de un ómnibus la han contenido a ella, jadeante, y ella se ha debatido para sacarse de encima esos brazos que le impedían seguir ondeando al ritmo de la ansiedad de él que estaba en otro pueblo, en una cama oscura de algún otro país desprevenido.

A él también le han pasado esas desgracias, lo han llevado preso por molestar a las damas o por exhibicionista. Si lo que menos quería era molestar a otras o mostrar sus flaquezas. Sólo pretendía estar con ella tan distante y amada, cuando la distancia hace más primordial la unión. Por eso es un amor tan bello, inconfesable: una burbuja frágil imposible de dejar al cuidado de terceros. A veces ella grita en un cine o en el supermercado y él contesta aunque esté esa noche jugando al tatetí con los amigos.

La necesidad de irse cada vez más lejos para amarla mejor, eso de estar siempre huyéndose para juntarse, acabó por cansarlo en esta primavera. De golpe quiso probar algo nuevo y empezó a tapiar su pieza con papeles de diario para que no entrasen las ondas del amor de ella. Pero ya es sabido: con papeles no se arregla nada y los diarios no sirven para alejar el eco.

Las vibraciones de ella le llegaban de golpe, sin siquiera anunciarse. Algunas veces ella se decidía a iniciar el contacto y él no era quién para rechazar su oferta.

Sacudirse a distancia muchas veces trae graves consecuencias: se contagian los otros. Así empiezan los vaivenes en el cine, la gente se convierte en mar y ondula con profundas corrientes de lujuria. Se contagian los viejos, los orates, los bebés, y si por desventura la música que suena los acuna, se llega al verdadero amor universal tan condenado.

Éste es el largo
respiro
que no tiene un
principio
que se alarga
in eterno

Por acá quiero
que suene el
tambor imperioso
matracando con ritmo
con golpes de escobillas
El tambor que matraca
Los platillos a un tiempo

Gloria in excelsis Deo

Gloria   inexcelsisdeo
Gloria   in
Gloria   inexcelsis
Deo

Han decidido fundar una secta los que encuentran en el telecoito una experiencia mística. Y ellos dos, pobrecitos, han quedado olvidados. Ya no pueden siquiera entonar sus salmos y sólo les está permitido fatigarse un instante, el tiempo infinito de un orgasmo que es tan corto. Ni siquiera son ahora mártires de la causa ni patronos de la secta, con lo bien que habrían asumido estos papeles. Han debido volver a la lucha cotidiana, al encuentro matinal con la horrible cara de los desayunos, al acercamiento que tanto los distancia y les impide la unión como en los días felices cuando no podían verse.

Gracias a su invento los otros aceptan donaciones y cosechan adeptos –invisten los ministros, bendicen a la gente–, son ellos los que hacen las reglas y cobran suscripciones.

La cuota es baja, hay que reconocerlo. Yo no me suscribo no tanto por el precio como por mi falta de ganas de evitar que me toquen. Me gusta el manoseo: si voy en colectivo prefiero que me ame el señor a mi lado y no algún otro que viaja en otra línea. Con su mano en el bolsillo si es preciso, o con una hojita de afeitar para cortar mis ropas. Si viajamos en el mismo colectivo al menos por un trecho compartiremos algo, seremos solidarios, tendremos un destino fugaz que nos enlaza. La vivencia común de las esquinas, una unión de faroles apagados.

Como ustedes comprenden es el contacto directo con los seres que aprecio, una urgencia animal por saborear la sal y hundir las pústulas con el dedo para saber de ellas.

Nada de conformarse con apariencias –siempre son ilusorias–, nada de aceptar visiones para sacudirnos quizá con algún alejado pensando que es más cómodo mantener las distancias.

COROLARIO:

El prójimo –si es como yo lo entiendo–
debe estar muy cercano, casi encima.

6. Currículum ¿vitae?

He empezado a entregarme, dar a conocer mis otredades, lo personal facético, mi múltiple experiencia y mi vida tan rica.

Les contaré cuentitos hasta que llegue el sueño y no teman, ya no me crecen colmillos, tan sólo esta pata peluda bien lamible conocida de todos (ver cap. 1). Contaré a) y b) mis relaciones, c) sabrán a lo que aspiro. No podrán condenarme.

A) PEEPING-TOMS MIS AMIGOS

Los mirones del Village tienen pies de azucena y siempre los defiendo. No se puede decir que sean oscuros, son casi incandescentes; al menos yo los veo como luces escalando muros para quedar pegados como ventosas a las ventanas de las niñas solas. Y ellas se desvisten inocentes: al no saber que las están espiando se dejan las horribles camisetas de lana, se enfundan en rugosos camisones de frisa. Y es así como ellos las desean, desaprensivas de puro inadvertidas, cubiertas de un pudor que no es falsa elegancia. A veces vuela un camisón de frisa, a veces con el sueño se descubre una pierna y los mirones trinan en silencio y cantan canciones sordas con sus flancos de fuego.

Debe ser ése el fuego que los hace radiantes. Los ilumina por dentro y sólo yo los veo de puro sensitiva. Tengo ojos en la punta de los dedos, un nervio óptico me recorre el espinazo. Por las escaleras de incendio, trepados a balcones, los veo aunque no quiera. Hasta en mi piel los siento temblando de deseo, huelo el hilo de baba que les cae de la boca mientras ellas se lavan las regiones más íntimas.

Algunos se mantienen a distancia: prefieren observar al hombre pero no quieren afrontar las consecuencias. Por eso no se encienden y en tinieblas recorren los fondos de las casas. Es lógico: un hombre no sabe desvestirse como lo hacen las mujeres. No comulga a oscuras con las cosas ni busca la blandura para cumplir los ritos. Se puede saber eso y saber mucho más cuando es de noche, mientras nacen los gatos.

A veces me complazco con estos apagados, me siento solidaria con su causa. Sé muy bien que si un día los sabuesos allanan mi reducto se hablará mal de mí. Encontrarán mi diario pornográfico, la carpeta con fotos de mujeres amándose, fotocopias de los textos malditos en todos los idiomas. Me encanta tener en mi reducto estas cosas prohibidas y correr por su culpa innombrables peligros. Las mujeres desnudas son las que más me gustan: las que están masturbándose, las que tienen más cara de lujuria cuando besan a otra.

(Es verdad que ando a la caza de supuestas perversiones, pero no es razón para prohibirme las de mi uso privado en las siestas de otoño.)

Pertenezco a la opaca raza de los mirones y nadie puede verme, nadie sabe. Soy tan igual a ellos: mera oscuridad para dentro de las casas. La mujer mira afuera y sólo ve un pozo oscuro, y ese pozo es un hombre que las espía y no debe ser visto. ¿Acaso sirve de algo una mujer que actúa? ¿O una esposa asustada? ¿O una solitaria que quiera hacerlo entrar a toda costa?

De nada sirven, de nada. Por suerte tengo respuesta para algunas preguntas aunque las otras queden colgando por los aires sin poder contestarse.

Hay dentro de mí mucha avaricia. Lucho duro en su contra, prefiero descartarla. Por eso me doy esplendorosamente, acaricio a los otros, me derrito por ellos y los baño. Cuando algo placentero se aproxima siento que me estoy licuando y puedo ser distinta: abrazar a los sólidos, cubrirlos de mí misma.

A veces los fisgones resplandecen al alba, mojados por mi dicha. Un brillo de verdad, no aquel fuego interno sólo para mí visible. Y es en ese preciso instante cuando son descubiertos porque chillan las hembras. Están durmiendo tranquilas y de golpe un resplandor les hace abrir los ojos, algo entrevisto en sueños como plumas azules. Y allí ven a un hombre, húmedo contra su ventana a la espera de que caiga una colcha o una sábana se abra en cuatro pétalos dejando los estambres del pecho al descubierto.

Al sentirse observadas ellas chillan y chillan y no paran, y los pobres mirones no sabrán que fui yo, en cierto modo, quien logró delatarlos. Y de golpe el barrio se despierta y la sirena policial se acerca con sus luces rojas de atracción maléfica. La tentación es grande –la de los mirones– de correr hacia los autos blancos e incinerarse como insectos contra el faro. Pero las mujeres tan cálidamente miradas durante la noche no dejan de chillar con estridencia de silbato antimotines y ellos prefieren huir despavoridos en lugar de entregar al holocausto el modesto estallido de sus tímpanos.

B) MI AMIGO EL PECADO

¿El pecado? ¿El pecado? Me suena en verdad, creo haberlo conocido. En alguna región del mundo nos hemos encontrado, hasta creo que mantuvimos una larga conferencia, hubo algún incidente y nos fuimos a las manos. Después tuve a bien olvidarme de él, hace tiempo que ni lo menciono en mis cartas; me ocupo de él tan sólo los domingos cuando cierran las tiendas y nada puede distraerme en mi sendero.

Me calzo entonces la bicicleta entre las piernas y salgo por las calles para llamarlo a gritos. Quiero que pedalee conmigo, que comparta mi asiento puntiagudo. Pedaleo con furia invocando al pecado, doblo las esquinas más procaces, corro como enloquecida entre depósitos con olor a río muerto.

En busca del pecado he andado kilómetros, pero siento el dolor del abandono. No veo su cola oscura por ningún intersticio, cuando lloro su ausencia el rengo que es mi amigo se va en carcajadas. Su risa tiene poco de risa cristalina, es más bien limadura de hierro negra y áspera que se arma y desarma en castillos fantásticos. El pecado es buen imán para este hierro, polo magnético con el rabo torcido ni siquiera se acerca a los condescendientes. Hay que ser muy austero para merecer pecados, tenaz consigo mismo y rígido hasta la demencia. No hacerse concesiones, me repito, nada de ser proclive a la autolástima.

Pero si es cuestión de hacerse trampa me la hago a mí misma. Soy el único ser que merece este esfuerzo.

Por eso nunca sé por dónde ando y estoy desorientada. No peco ni doy pena y nada podré saber de absoluciones después de haber pasado por los cálidos esteros el arre-

pentimiento, por los lechos sin fondo de la culpa con sábanas revueltas y un olor y humedad que no son nada humanos, un turbio vaho de aquiescencia que ha enhebrado
los pecados venales en hilera y ha dejado al pecado mor-
tal colgando de la punta: medallón reluciente, víctima expiatoria.

c) Mi vasto doctorado

En otras épocas me iba tiernamente a galopar al campo; ahora sé que esas cosas no me están permitidas. No puedo ni siquiera usar mis capelinas o pintarme las pestañas de un rubio ceniciento. Tengo que encresparme el pelo, tender a ser oscura, mi comportamiento nada tiene que ver con claridades, debo ser clandestina.

Cada día me complico más la vida con estudios profundos: Doctorado en Sombras con tesis de Asesinos. Investigación de vastas raíces sociológicas en la que no quise contentarme –como lo habría hecho cualquiera– con los múltiples e impensados sistemas de matar sino que llegué hasta el punto de querer saber cómo morían.

La muerte de asesinos no siempre es trivial como se piensa. Muy pocos, por error, terminan en la silla y son los inocentes: blancos corderitos de la fatalidad que viven como imbéciles cometiendo torpezas y mueren conforme a su vida, de una descarga eléctrica.

El Village está inmerso en electricidad latente: basta tocar la puerta de alguna cajafuerte para sentir contacto. Basta a veces cometer el error de estrecharse la mano entre amigos o de agarrar un gato por la cola. Por eso la electricidad no mata a los del Village, sólo los alimenta. Es energía pura y ellos lo saben y la tragan a pasto.

Yo tuve que aprender a resistir descargas para hacer mi estudio sobre los asesinos. Aprendí también su lenguaje secreto y oficié de campana. Paso a paso seguí asesinatos programados para el mes de diciembre:

–Comisario hallado muerto a los pies de su cama.

–Pervertido sexual exterminó a tres niños.

–Anciano juez estrangulado en un hotel dudoso.

—Hallóse conocido facultativo sin vida en una esquina.

—Pagador de una fábrica acribillado a balazos.

—Maleantes asaltaron casa de cambio. Muere policía de civil. No se cometieron robos.

Para recordarlos no necesito recurrir a los grandes titulares de los diarios, a mi alcance tengo las prolijas fichas que los asesinos llevan de las vidas que deben.

Pero ésa es sólo parte de mi tesis aunque la elaboro con absoluta ciencia. Me apuesto detrás del asesino y sigo el grácil movimiento de su mano cuando clava la daga. Observo el ademán de apretar el gatillo o analizo al detalle ese golpe de furca que destroza las sienes. Ellos saben que no voy a perjudicar su obra; no es curiosidad lo que me impulsa sino son serios estudios. Hasta dicen que por lo común les traigo suerte. Conmigo presente la tarea se les hace más leve y menos peligrosa. Ya me quieren venerar los asesinos, quieren darme una placa para adornar mi pecho.

Me negué a recibirla. Una placa de bronce puede hacerme conspicua aunque sirva de escudo contra todos los dardos. El bronce y yo no hacemos buenas migas. Es él quien perpetúa, yo prefiero anularme. Nunca haré un monumento para nadie pues la gloria de todos debe andar por el mundo y no quedar prendida a ningún molde. Hubo sin embargo quienes lo merecieron. Jimmy Sabandija fue quizá el más arduo, más consciente en procura de sus méritos. Mató a sangre fría a tres viejitas ciegas, escarbó en las costras del dolor humano para ver qué había dentro y una vez le llevó a mi rengo de regalo una pierna sin pensar en rechazos.

El rengo muy digno no quiere carne ajena —¿o su fisiología será que no la quiere?—. Él sabe que no se puede bajar impunemente; hay que pagar un precio para llegar al fondo. Con dos piernas enteras sufriría la atracción de escaleras mecánicas, aparatos serviles que apuran el descenso. Con una sola pierna y las muletas baja escalón por escalón, escarnecido.

La bajada era casi interminable y un día lo crucé. Él estaba más allá de la baranda, penosamente avanzando por escalones de cemento. Al pasarlo –yo muy cómoda en la escalera mecánica– el rengo me gritó desesperado: ¡No he visto al diablo todavía! Y yo para calmarlo le contesté dejándolo atrás rápidamente No hay que preocuparse, para eso bajamos.

Vi su mueca al darme vuelta. En el dolor y en el esfuerzo estaba su triunfo: yo había elegido la senda fácil que no conduce a nada, quizá a un tren subterráneo con miradas. Sólo él era esperáncico, al diablo lo sentía a cada paso.

Tengo que renunciar a muchas cosas, viajar mucho en espacio y en tiempo para completar mi tesis. Saber cómo matan los asesinos es cosa bien sencilla, lo difícil es descubrirlos cuando mueren, acechar el momento sublime e infrecuente de su muerte.

Al acercarse mi fecha de entrega quise forzar los acontecimientos. Puse una mano para desviarles la bala, les cargué las armas mientras las limpiaban. No es fácil matar asesinos, se requiere la paciencia de los santos: reconocen a la muerte si se acerca y saben esquivarla.

Según parece ya no soy su mascota. Cuando yo estoy presente pasan cosas ilógicas: el veneno les trepa hasta las bocas, las cuerditas de tuareg se enroscan por sus cuellos.

Pero nunca se mueren, qué gente fastidiosa.

Claro que mis hazañas han llegado a oído de los otros.

Por algún conducto misterioso supieron de mi afán por matar asesinos. Y fue así, sin quererlo, como me hice adalid de la justicia, tenaz defensora de principios morales. Ya se habla de hacerme un monumento o entregarme una placa. Todavía no sé si he de aceptarla. Quisiera, antes que nada, completar mis estudios.

7. Abrid paso, señores, que ya llegan las quejas

1ª QUEJA

¿Un horno crematorio en medio de Times Square? ¡Qué ignominia, qué falta de respeto! Se me hace muy difícil vivir con esta gente que ha dejado de lado su escala de valores. Yo digo, digo y digo y nadie me hace caso. Escribí muchas cartas a los diarios, quise hablar en los mítines. Al fin lo encontré a él que parecía tan bueno –un viejito de ojos blancos con mirada de príncipe– y pude despacharme a gusto hablando mal del horno, de esos otros hornitos para pizza que desfiguran el Village. Expuse argumentos convincentes, con estocadas maestras rebatí posibles objeciones y ansiosa esperé por fin que tomara medidas. Que al horno crematorio no lo deje en Times Square, que vea lo importante que es tenerlo en el Village donde tantos cadáveres se pudren en las calles.

No puedo aguantar más el mal olor, yo tengo pituitarias, necesito mi olfato para insignes tareas, estropearlo sería para mí una desgracia. No puedo oler a muerto cuando debo salir a rastrear moribundos. Ellos están esperándome ansiosos, no puedo distraerme en el camino y perderles la pista. Ellos saben que sin mí no hay muerte, no hay salvación posible ni tampoco condena. Pocas cosas sin mí pueden llevarse a cabo en estas lides: mi presencia, por ingrata que sea, no es menos necesaria. Tu presencia los hace más felices, pero es innecesaria. La caridad tiene un solo derrotero: molesta a los humildes, los humilla. ¿Pero te das cuenta de lo orgullosos que llegan a sentirse si me ocupo de ellos? Es mucho más solemne que ir a hacer el bien, implica un gran esfuerzo solidario el querer hacer mal porque sí, gratuitamente. ¿Quién más que un abnegado se tomaría el trabajo de hacer mal, tan desrecompensado? Los que hacen el bien se sienten buenos, pueden estar satisfechos de sí mismos. Yo me sacrifico por los otros y los otros lo saben. Quiero hacerlos sufrir para que sepan que alguien todavía se interesa por ellos. Por eso exijo el horno crematorio aquí en el Village, para poder dar a mis víctimas un entierro lujoso de esplendorosas llamas.

Se lo digo al extraño barbiblanco. No parece entender lo irreverente que es un horno en Times Square con lo útil que sería acá en el Village. No parece entender nada de nada. Un haz de luz le sale de los ojos y pretende contraerme las pupilas, me mira de costado con desprecio y sólo de mis palabras retiene el sonido disonante, la cacofonía involuntaria, alguna mala rima que se me escapa y no me pertenece.

No, no y no, le digo –para él la curva de sonido sube y baja en blandas espirales– no, no y no, y veo lo que oye y no me gusta nada. Malo es ser tan sensible, tener como yo tengo los dones naturales aguzados al máximo: se vuelven maldiciones.

Si me duele la música, si el solo hecho de pasar el dedo por suaves algodones es un desgarramiento, si un olor me clava espinas en los senos etnoidales ¿qué pueden esperar de mí los seres blandos? Miro a los otros con ojos de desprecio y ese mirar me duele, me desnuda la médula.

El barbiblanco ni siquiera se apiada de sí mismo. Tiene

la sonrisa fija de un agente de tránsito. Bien tarde me doy cuenta de que es de alguna brigada antinarcótica: cuando estoy entre rejas, como siempre en la cárcel por cosas que no he hecho. Mi buena voluntad me lleva a los presidios. Sólo logra sacarme mi mal comportamiento la vista de mis llagas, unas lágrimas falsas que arrastran amenazas.

2ª Queja

Ya ven que soy humilde y lo confieso, estoy llena de dudas y lo digo. Ni siquiera sé por qué, para matar, usa la policía a mis pobres gatitos. Animales queridos, tan mimosos. Son flacos y estropeados los gatos de la muerte con sus ojos de fiebre.

La policía no puede no debe no quiere no puede no debe valerse de ellos, apoyarse en criaturas a tal punto indefensas. Si hasta les falta el pelo, parecen chamuscados o con sarna y la policía es tan bella, sus hombres tan fornidos saben dar tan bien con los garrotes a quien menos lo espera. Hasta yo los admiro, por crueles e impunes cuando tan peinaditos, tan trajeados y limpios y bien afeitaditos, se pasean revoleando garrotes dispuestos a pelear con quien los busque sin delatar sus iras. No están pegando ellos, es la suerte; a través de sus palos golpearemos nosotros. Nosotros les pagamos, podemos solazarnos con sus actos. Cada bala que disparan sus gatillos* la mandamos nosotros. Con la cana todo es a nuestro haber, nada debemos.

He llegado a admirarlos, lo confieso, pero no voy a permitirles usar más armas que las reglamentarias. Los gatos de la muerte tienen virtudes que a la policía no le conciernen. No debe concernirles.

---

* Las excusas semánticas no sirven para nada: que gatillo sea gato chiquito estoy de acuerdo, que el revólver sea gata paridora de plomo eso sí que no, no me parece.

8. Ya saben de mí lo que está afuera, lo que quiero o rechazo

Para verme por dentro hay que ir hacia adelante
y llegar a lo íntimo, trascendental y único:

MI METAMORFOSIS

Es lógico que me haya despertado de mal humor, despertarse es siempre una condena. Por eso digo es lógico, y es lógico que me haya, y me haya despertado, y sobre todo de mal humor. Pésimo. Ni siquiera yo, que me soy tan condescendiente, me soporto. He decidido por eso bajar las calles hasta el río, patear las paredes, intensificar mi ira hasta que estalle y dejarme de hablar.

Antes de salir quiero arreglarme, me miro al espejo y hasta me reconozco: es la misma nariz que he visto en unas fotos, la misma mirada taciturna. Me reconozco sin reconocimiento, sin darle gracias a nadie aunque tan mal no estoy después de todo y si aprendiera a sonreír hasta podría hacer el bien.

Es que muchas veces recupero mi forma original, bastante humana: unas curvas cargadas de silencio, caderas con presagios. Son milagros que ocurren cuando algún desconocido me besa largamente, cuando alguna boca recorre con unción mi cuerpo y me dibuja. Es la única manera que tengo de rehacerme: separando las piernas, dejándome aplastar y volviendo con horror a ser yo misma.

Los resultados, eso sí, son poco duraderos. Hay un efecto de rebote que me convierte de nuevo en un murciélago, en algo oscuro deslizándose en el silencio de las noches. Pero mientras el acto del amor me vuelve humana casi puede decirse que soy sabia y comulgo con el cosmos. Los gritos de placer que se me escapan se originan en el principio de las cosas y me siento primordial y pura como el agua.

Esto pasa cada vez más raramente, cuando algún extraño –un viajero que no ha oído hablar de mi persona– se detiene un instante y me acaricia. Al principio soy aterciopelada y dócil como un gato de los buenos –no un gato de la muerte–, pero poco a poco voy recalentándome y entro a aullar como un lobo de tinieblas. Si me besa más vale ni pensarlo, en seguida me pierdo en las delicias. Y después, con el tiempo, con cada movimiento de mi cuerpo, empieza lentamente mi gran metamorfosis. Es decir que me vuelvo una persona y provoco la huida del hombre a mi costado. Huye por las calles sin siquiera mirarme, sin saber que la culpa es sólo suya por usar pases mágicos mal llamados caricias. Un beso no se da impunemente: sin quererlo ha hecho una mujer y no lo aguanta.

Tiene razón, qué cuernos. No hay por qué volverse épico cuando sólo se quiere pasar un buen momento. Un coito en un baldío, entre latas resecas, no es excusa ninguna para ahondar en las almas.

9. De donde se deduce que hay otros seres igualmente sucedeicos

LOS LOBOS

Para cazar salen siempre en manada y la luna llena consiente en seguirlos señalándoles las huellas de una buena presa. Cuando nieva, cuando hace frío mejor, se sientan en la soledad sin rejas frente a los comederos macrobióticos de donde sale el buen olor a aceite de sésamo y a pan integral que alimenta a sus víctimas. Ellos las quieren así envueltas en pieles y sin un gramo de impurezas ni siquiera debajo de las uñas. Las quieren y las desquieren, claro está, por eso las destrozan con sus besos y después les hacen hijos que serán lobizones rubios como el aceite de sésamo y el trigo integral de los rituales gástricos.

Ellas tienen un hijo y otro y otro hasta dar con el bueno, con aquel que sabrá arrancarles las tripas, dejarlas vacías y detener por fin el montaje en cadena, la producción incesante de los hombres lobos tan feroces y fértiles.

Para cazar necesitan unirse a la manada, apoyarse los unos en los otros –pero uno entre todos– para ir a la conquista de esas hembras que son la tierra misma con pozos de petróleo y minas insondables y determinadas riquezas que el hombre de la calle ni siquiera sospecha.

Y ellas se dejan hacer un poco gemibundas, se dejan carcomer hasta las heces creyendo que es amor, ayuda de potencias extranjeras.

Ellos hurgan con gusto sus hondos socavones y extraen

los aceites pesados de sus pechos y después se van como lobos sin hambre, ensombrecidos, y las dejan tiradas a merced de gusanos que son sus habitantes –la población estable de los meses de invierno, el blanco de la nieve metido corrosivo en sus entrañas. Con copos de gusanos y dos ojitos negros para ver lo que pasa, por dentro.

Es el hexagrama 18 del I Ching, pudriente vasija mejoradora de tierras al llegar el verano en California cuando despiertan los negros. Los negros sí que ignoran los gusanos, sólo llevan dentro una vida larvada que les acaricia el anverso de los flancos y los mantiene dóciles. A veces la caricia se vuelve un puñetazo y los negros pegan el salto con un grito olvidando los sabios preceptos de la paz. No sé cómo tratarlos, qué difícil mirada se merecen. Sé salir a su encuentro sin embargo, palparles las manazas con que pegan y encauzar bien sus odios así no se dispersan.

En un tren sin ventanas viajamos por el vasto continente absorbiendo los odios. Es bueno sentir que todavía hay pasiones vibrantes como en los viejos tiempos. Viajamos en el tren durante el día y de noche salimos a cargar las calderas con el odio de las gentes que se ha ido pegando a nuestros lados. Es un buen combustible la sevicia, llevamos buena marcha y muy pocos obstáculos nos frenan –algún niñito hambriento, un perro que gime sin saber por qué le arrancaron los ojos.

Por dentro el tren es negro para confundir los techos con los pisos y luces también negras arrancan destellos de los pocos colores que lucimos. Cada uno de nosotros con la cara pintada: naranja y verde, blanco que es violeta, o amarillo. Nos llamamos por el nombre de esos mismos colores. Violeta, le digo yo al blanco sabiendo que blanco es palabra que no debe pronunciarse. Violeta, ¿falta mucho para llegar?

En el tren es él quien manda: empuña el látigo y contesta: Falte o no falte eso no te interesa, llevamos nuestro rumbo, cumplimos el designio de ir a todas partes.

Nuestro tren corre por vías que desaparecen a nuestro paso. Nuestras ruedas trituran, están hechas de un metal que a la fricción se enfría. Somos ciegos dentro de este tren, somos helados. Desconocemos el número de pasajeros. Sospecho que cada vez suben más, abajo quedan muy pocos ya que nos toleran. A veces hay algún contacto entre nosotros: una mano de hielo me roza la mejilla, un dedo inquisidor me investiga por dentro. Yo quisiera revolcarme y mecerme al compás de nuestra marcha pero nada de eso nos está permitido. Pierdo toda autonomía en este tren del odio y no me desagrada: a veces resulta necesario dejarse llevar por la corriente, navegar por los mares dulces de lo involuntario. Quisiera ser esclava algunas veces y no tener que tomar las decisiones. Por eso en este tren oscuro galopo hacia la noche, hacia el lugar preciso donde cazan los lobos y me esperan ardientes.

La onda expansiva alcanza mi territorio, protegido por una venda de gemidos. Las quejas hacen mella en mi sangre y me pongo algodón en los oídos para no correr en ayuda de los desamparados. Nunca es fácil colarse por la dulce indiferencia de las horas, siempre alguna obligación sale a nuestro encuentro, algún remordimiento.

Mientras todos están ansiosos por sus vidas, él sabe que la muerte nada arregla, lo crucial es estar disponible y abrir siempre la lucha. Va por la calle cuando necesita espacio, cuando necesita tiempo se traga los relojes; no tiene la menor angustia metafísica y es feliz a su modo.

Tiene dos ojitos vivos de perdiz, las puntiagudas orejas de un cachorro, dientes de jabalí... todo bien guardado en sus frasquitos dentro de la congeladora. El olor a formol le recorre las venas y presta científica atención a los más arcaicos métodos de embalsamiento.

Para hacerse una máscara no ha tomado ni un solo rasgo humano. Ni los ojos acuosos de la rubia miope ni la lengua de Abel, látigo restallante. Y eso que los quería: hubiese podido identificarse a fondo con los ojos de ella y la lengua de Abel.

Ésta es una historia sencillita,
de celos, casi sin perversiones.

En el diario decía: *Pareja joven y agradable busca muchacho de buena presencia p/formar terceto.*

Él se miró al espejo antes que nada, calculó sus proporciones áureas, recortó su barba: sabía que no era cuestión de engañar a los otros. Por fin se sintió seguro de su buena presencia y mandó la carta. Como ya dijimos, no tenía problemas metafísicos. Ni morales ni de ninguna otra índole una vez superados los estéticos.

Fue aquella noche cuando inició su cambio y en esta noche habrá de completarlo.

En nada piensa mientras se convierte en máscara aunque sí lucubró las más audaces teorías antes de conocerlos a ella y a Abel tirados en la cama sobre la piel de nylon. Una cama chispeante, una cama con vida que reaccionaba a estímulos. Él por fin se enamoró de la cama, ni de la rubia ni de Abel como habría sido lo sencillo, sino de esa cama redonda y mullida como una gallina.

No fue fácil para un hombre como él confesarse su amor por una cama. Eso sí, importante es tener en cuenta su carencia de principios, la ausencia total de valores morales.

Primero creyó entender que la cama respondía a sus avances. Y simulaba estar trabado con algún botón rebelde para escuchar si ella gemía bajo el peso de la rubia o de Abel como lo haría después, cuando él la penetrara. Más tarde trató por todos los medios de alejarlos a ellos de la cama para escuchar los gruñidos dedicados a él solo. Las chispas eran lo que más le fascinaba y corría a apagar la luz a pesar de lo mucho que le gustaba ver a la rubia de frente, a Abel de espaldas. Y ellos que eran tan cariñosos con él y él tan sólo deslizaba sus besos hasta dar con la cama.

Es por eso que ahora lo encontramos entregado a contriciones, apelando a miserables subterfugios para dejar de ser hombre y convertirse en un ente respetado por la sorda dignidad de una cama amada. Y haciendo lo posible para sofocar sus iras: la cama, blanca siempre y con tensa piel de nylon, había aprendido a crujir más solemnemente bajo el peso de Abel que bajo el peso de él. Y la rubia le arrancaba remotas vibraciones del elástico que parecían venir de sus entrañas. Así Abel y la rubia –que tan sólo buscaban horadarse mutuamente– fueron poco a poco adquiriendo el rugoso color del enemigo.

El asesinato lleva en sí su propio detrimento:

asfixió a la rubia con el miembro de Abel, a Abel le retorció el cogote para ahogar sus chillidos y por fin salió en el mayor anonimato como había llegado, sin despertar sospechas –luego de quemar la carta– ya que un hombre tan probo como él jamás contestaría al llamado de un diario subterráneo.

Y en el silencio sin reproches de su casa se entrega a decocciones espantosas para cementar su máscara y poder así volver desintegrado a liberarla a ella del peso de los otros dos sumergidos en la muerte.

Es eso lo terrible, lo aturdiente: el arrepentimiento ya viene sin preaviso. Él sólo quisiera oír el canto de la cama cuando trina de gozo y sabe que por un error de táctica la ha dejado aplastada, agobiada bajo el peso de dos seres que perdieron liviandad al perder vida.

Tendrá que aprender levitación para salvar a su cama. Tendrá que convertirse en bicho diminuto lascivo para quedarse sobre ella, perderse para siempre en el pliegue visceral de su acolchado o en el íntimo plumón de sus almohadas.

(10). Paréntesis para tres variaciones lúdicas

Quiero detenerme a veces para descubrir que todo lo vivible puede ser jugable: la relativa importancia y la partida ajena. La relativa importancia de lo nuestro. Muevo una pieza, es jaque mate y el muerto soy yo qué bueno: he sido también rey y omnipotente. ¿Perder en el instante en que todo se gana? Poco importa: el gane es anterior, cuentan las milésimas de segundo que preceden a la muerte cuando se ha sido rey, peón, torre, alfil, íntegra maraña.

Por eso juego. Cada paso de mi vida lo juego a cara o ceca y cuando sale cara quiere decir que gano y por lo tanto tengo que pagar el precio, cara vida, querida, sin olvidarme nunca de la carestía misma de esta vida costosa. Mi casa rosada, mi silla de palo, mi colcha rayada. Como siempre dejarlas para siempre. Hay que despojarse para entrar en el juego con las fauces ardientes como los perros blancos –desatinados, voraces–. Salgo por el mundo a llevar el mensaje del juego, igual que Prometeo. Fuego, juego, así soy yo, me ocupo de una letra hasta el mismo dibujo y la corto a mitad de un camino ascendente. El rojo no debe tragar con sus lenguas al amarillo oro de naipes españoles.

Siete de oros para ser más exacta y con los guiños: corresponde de golpe despistar adversarios, y adversarios son todos en el preciso instante en que se sabe que vivir es un juego y hace falta osadía.

I. Juguemos al fornicón

Es éste un juego inventado por mí para pasar bien el rato en compañía. Cualquiera puede aprenderlo: es sencillo, no se desordena demasiado la casa y distrae de las cotidianas preocupaciones. Se juega mejor por parejas y resulta más fácil si los componentes de cada pareja pertenecen a sexos lo suficientemente diferenciados.

Conviene, aunque no es imprescindible, tener una cama a mano y jugar a media luz. Quedan terminantemente prohibidos los goles de media cancha.

Como no hay vencedores ni vencidos, el fornicón casi nunca crea altercados.

La partida llega a su fin cuando uno de los dos –o más– participantes cae exhausto; lo que no quiere decir que haya sido derrotado, más bien todo lo contrario. El que más se brinda es el que mejor juega.

Bases:
–Prohibido simular sensaciones.
–Se debe atender a que la pareja también participe del juego.
–Se requiere mucha felicidad y olvidar el tremendismo.

Modo de jugar:
Uno de los jugadores debe asumir el rol más o menos activo. Es decir que comenzará el juego estirando una mano sobre el contrincante y tratando de alojarla en sus partes más recónditas. Ese primer movimiento empezará a darle calor a la partida, sobre todo si la otra persona al principio se resiste a jugar. Una vez que la mano esté bien ubicada y calentita, el jugador 1 acercará todo su cuerpo al

jugador 2 y juntos empezarán a practicar una especie de respiración boca a boca que llamaremos beso. Es éste un ejercicio bastante sano que oxigena los pulmones y alienta para seguir adelante.

En ningún momento debe olvidarse esa mano que ha ido avanzando sin necesidad de tomar el cubilete. Por lo contrario, conviene tratar de introducir aunque sea un dedo en el cubilete del contrincante, haciéndolo –al dedo– rotar con precaución.

En este punto del juego conviene que el jugador 2 comience a actuar, si no lo ha hecho antes de puro atolondrado. A esos efectos, debe a su vez estirar una mano o las dos y proceder a desabrochar botones que se encuentren debajo de la cintura del jugador 1. Por fin encontrará algo sorprendente. De no encontrarlo, conviene referirse al test que presentamos a continuación y no emitir gritos destemplados que son de mal gusto en este juego y rompen el clima. Debe, en cambio, ponderar calurosamente lo que se pueda encontrar, sin dejar por eso transcurrir lapsos demasiado largos de tiempo sin practicar la respiración boca a boca.

Nunca se debe olvidar que éste es un juego de placer y no una competencia, y el espíritu deportivo debe primar por sobre todas las cosas. Por lo tanto, conviene reservar para el final la culminación del fornicón –llamada orgasmo– y no proceder a ella antes de entrar en la segunda etapa del juego.

En esta segunda etapa los jugadores, sin saber bien cómo ni cuándo, deben estar ya completamente desvestidos. El pudor no cabe en este juego, ni tampoco la prudencia. Reservaremos estas dos cualidades para el juego del secuestro, que se explicará en otra entrega.

Para jugar al fornicón conviene no pensar y sólo dejarse invadir por alegres cosquilleos y sensaciones varias. Ha llegado el momento de estirarse sobre la cama y desplazar la respiración boca a boca a otras partes del cuerpo.

Todo buen jugador debe haber llegado a este punto sin ofuscarse demasiado –cosa que puede estropear la partida– pero comentando en voz susurrada los pormenores del caso.

Una vez en posición horizontal puede levantarse la voz y no es necesario emitir palabras inteligibles. Hemos llegado así al punto en que dos jugadores entran verdaderamente en contacto, pues se debe producir la penetración parcial del uno por el otro. Ambos deben realizar entonces un movimiento de vaivén combinado con otro de rotación que convierten la penetración parcial en una sensación total y muy placentera.

Éste es el punto más difícil del juego, y consiste en ensayar el mayor número y variedad de poses sin romper el contacto. El juego se enriquece en función directa a la imaginación y al entusiasmo que ponga cada uno de los participantes en practicarlo.

El partido termina con gritos y suspiros, pero puede ser recomenzado cuantas veces se quiera. O se pueda.

Advertencia:

Lamentablemente, como el fornicón es también un trabajo que se realiza para propagar la especie, se aconseja asesorarse antes en los negocios del ramo sobre las precauciones a tomar para darle un carácter verdaderamente lúdico.

TEST GASTROPARENTAL

Antes de lanzarse al juego del fornicón es aconsejable realizar el siguiente test para formar las parejas por gustos afines u opuestos, según se lo desee.

a) Lea con atención las siguientes definiciones:

PAPAR: comer cosas blandas sin mascar.
MAMAR: chupar la leche de los pechos.
(Pequeño Larousse Ilustrado)

b) Responda con sinceridad a las siguientes preguntas:

–¿Es usted hombre o mujer?
–¿Quiere más a su padre o a su madre?
–¿Prefiere usted papar o mamar?

II

Ahora los dejo que jueguen solos como buenos muchachos, yo me busco otro juego,
me voy a tirar un lance.

–Hay que andar con pie de plomo.
–No hay dos sin tres.
–Se lo digo yo.
–Las papas están que arden.
–Es la única salida para el país.
Salgo con una red de pescar frases hechas y vuelvo a casa recargada. Mi ludicidad aflora así a revuelo para biendisponerme, es lo pático en mí, lo divertente. Por eso tejo redes en la noche* y no puedo dormir antes de completar la malla que varía según mis intenciones. Para frases capciosas, una malla cerrada. Con enormes agujeros son las otras que pescan tan sólo las frases fanfarrónicas (tartarugas gigantes).

¿Adónde vas? me pregunta el que vive conmigo. Voy a pescar categóricas afirmaciones irrefutables, le contesto según el ánimo del momento o según la verdad.

No te creo, me grita desde el rellano, y la nocreencia de él baja las escaleras y después me persigue por las calles con la misma espiral que aprendió en la bajada.

Tan chiquita, le digo, y ya tan insidiosa.

Tanchiquitatuabuela, me contesta.

Si acabás de nacer, él te ha formulado hace apenas instantes.

---

* Confesión esdrújula:
Penélope nictálope, de noche tejo redes para atrapar un cíclope.

He nacido hace mucho, desde que él te conoce. Si nunca te ha creído...

Y sigue taladrándome los tímpanos con la espiral de la escalera caracol reducida a la misma medida de mi trompa de eustaquio.

Ya estoy harta de tanta desconfianza. Estoy esgunfia de andar con un banal que sólo piensa en la pesca de piropos cuando me llevo al hombro alguna de mis redes.

¿Y esto? le pregunto al mostrarle mi redada de frases insensatas. ¿Y esto? ¿y esto?

Aun cuando me cree no lo confiesa pero escucha las frases y las toma de a pocas para jugar con ellas e ir armando discursos al estilo político.

Él juega con mis frases y yo se lo permito. Componiendo textos como rompecabezas se le pasan las horas y yo puedo sentarme a tejer redes hasta que el texto final acaba exasperándolo y me grita: dejate de pavadas y haceme de una vez ese suéter que quiero sin miles de agujeritos.

Pero si a él ya lo pesqué con el juego anterior, ¿qué sentido tiene ahora que le teja?

III. Pesquemos más frases,
juguemos al patriota

Nuestra bandera nunca ha sido atada al carro de un vencedor.
Nuestra bandera nunca ha sido arrastrada por el fango.
Nuestra bandera nunca ha sido desollada viva.
Pobre nuestra bandera, ¡qué pocas experiencias!
La hemos hecho redonda para complicar la cosa: tiene
más dobladillo. La tenemos casi siempre guardada en algún cofre, así no corre riesgos. A veces la sacamos a pasear
por los desiertos para hacerle tomar aire y que el aire también la tome a ella.
Marchamos marcialmente por desiertos de cristal de
roca, escalamos montes erosionados con formas de animales, seguimos el curso de ríos secos de salitre.
El viento de estas zonas es buen amante para nuestra
bandera, ella languidece entre sus brazos o se vuelve bra-
vía y nadie viene a perturbar nuestras demostraciones.
Hacemos ejercicios de tiro y nos inspiramos en los
grandes saurios para salir del agua y aprender a vivir en
estas tierras. Nada nos resulta fácil: nuestra bandera marcha siempre al frente y le cantamos himnos que resecan
la boca. Las últimas gotas de agua, naturalmente, son
siempre para ella y después sólo nos resta derribar cardo-
nes en procura de líquido o enloquecer un poco al sol de
mediodía.
El sol de mediodía es redondo e imperioso como nuestra bandera. Ella también cambia de color con el crepúscu-
lo, se sonroja a la hora del poniente.
Pero nadie conoce sus cambios de matices, sólo ante
nosotros despliega propiedades.

¡Eso no es una bandera, es más un huevo frito! nos gritaban los patoteros del barrio cuando éramos incautos aún y la mostrábamos. Aprendimos así a mantenerla en secreto y alimentarla a veces con rayos infrarrojos.

Ella quiere ser dúctil y amoldable como debiera ser una bandera. Adaptarse a los cambios de opiniones, al vuelco general de las conciencias. La inmutabilidad no es atributo para ella ni tampoco el cinismo.

Nuestra bandera no ha sido atada al carro de ningún vencedor: los carros no pueden entrar en el desierto de piedra al que la llevamos. Este tipo de estrategias no logra convencerme. Yo quisiera hacer flamear nuestra bandera al viento en los mástiles más prestigiados por la historia, aquellos que impactaron nuestra infancia, los que se yerguen sobre el proceloso mar de la ignominia.

11. Basta de andar perdiendo el tiempo

               enjuiciar
el rebelde   efectivo
     ni siquiera soportarlo
                   pierdo
   rápido aleteo
                     infundio afortunado
  un
             Remington Rand
                  los asesi
trenzas de mi
        multiplicación por os
                 informe   y
  el corazón
      de él
         sin   siquiera
    más dinero
            dinero
       pesos mon

11 bis

La lectura veloz no fue hecha para mí. Me gusta la lectura para adentro, con peso en cada coma, una frase nueva en cada frase y un nuevo paso donde no cuente el tiempo. Voy para atrás, para adelante, huyo siempre de él, ¿por qué me mira?

Tiene dos dedos metidos en el alma y un pulgar con saba-ñón de orgasmo. Es de tanto volver sobre lo mismo –volver atrás las páginas– leer y releer lo que yo escribo. Si supiera que el mundo ya no gira, no vuelan las banderas (ver página 78) que estoy en otra cosa. Quién sabe si supiera que aún dentro de mi alma se encuentran sus dos dedos magullados con la puerta cerrada para siempre.

Conservo aquel cariño, no conservo, me refugio en el baño.

Cada vez que me meto en la bañera la vieja angustia me aprieta la garganta. Por fin en todo el día me llegan las ideas tengo que salir corriendo aferrando el jabón entre los dientes con urgencia de llamada telefónica... Las tareas se me imponen acuciantes y ni tiempo tengo de enjabonarme las partes más vitales antes de salir a la carrera para sellar los pactos.

Me los invento todos, claro está, estos pactos imperiosos que me obligan a volar por las calles envuelta en la toalla o me despiertan en medio de la tarde y no me dejan alcanzar las ocho horas de sueño que la ley me estipula. Pocos son los que pueden vivir sin responsabilidades pero las mías son algo irresponsables y bien atrabiliarias. Telarañas de control remoto me envuelven poco a poco y prefiero entregarme con pericia en lugar de seguir luchando contra la gelatina de las improbabilidades.

El momento ha llegado por lo tanto de cumplir con los pactos preexistentes y responder a la urgencia de los vientos que nunca lleva a nada.

Lo mejor es irse sin saber adónde y movilizar las propias fuerzas interiores hacia un prometedor destino ignoto. La muerte por el tedio puede ser la más trágica cuando el azar nos abandona obligándonos a actuar de manera sensata. Por eso yo elijo correr a todas partes, detenerme tan sólo a la sombra de un árbol que esté en un cementerio, hacer allí mi casa y aguardar largos días aprendiendo secretos. Las lápidas son mi único material de lectura y con un nombre entre dos fechas puedo recrear un mundo de tragedia, una vasta panoplia de complejos y varios traumatismos que engendran frustraciones.

Me tiro en el pastito y ya cumplo con uno de mis pactos favoritos. Psicoanalizar los muertos no me cuesta trabajo: comprendo muy bien sus motivaciones íntimas y me cuido de impedir que sufran cuando llega el momento de hacer la transferencia. Muchos han logrado elaborar el duelo y reconocen por fin que esta tierra es la misma: la que estaba a sus pies y ahora los domina. Lejos ya de todos los vivientes, atendidos tan sólo por su psicoanalista que soy yo. Me siento en estos casos un dios beneficioso y hasta enégico: si el hombre hizo a dios a su imagen, ¿quién me habría de impedir tomarme de modelo siendo tan atractiva?

Muy pronto me iré al sudoeste a indagar en los ojos de los monstruos en busca de tesoros. Si me entreno bien en el análisis los muertitos de aquellas latitudes me entregarán sin duda los arcanos que busco.

Lo poco que me queda por hacer antes de irme es entrar en contacto con los pájaros negros, del bueno y mal agüero, los que trinan al son de tempestades vuelan hacia el relámpago hacen sus nidos donde me gusta a mí entre herrumbres de viejas maquinarias.

Ahora que voy al sudoeste llevaré un gatito de la muerte en mi bolsillo para ordeñar de él el sólido vino de los grandes eventos. Esperando la partida me quedo muy quietita en mi granero mientras las puertas se abren y se cierran e intentan aplastarme. No es que quiera perecer así, en campos de pasada en pos de zopilotes extranjeros.

Quizá vaya a buscar las cadenas que ataron a Prometeo, quizá un calendario azteca o una catedral gótica. Lo de la catedral es vieja historia: tuve una, desarmada en pedazos en un rompecabezas con que armaba castillos terroríficos y torres almenadas hermanas de derrumbes. Cuando consiga otra, a los ángeles les pondré las cabezas de gárgolas, el altar quedará con los pies para arriba y el cristo de majestad perderá en estulticia lo que ganará en hombría. Todo ha de hacerse humano en mis dominios, todo estará mezclado: el bien con el mal y las torcidasintenciones. Tendré una tumbita junto al módulo para sentirme en casa y me echaré a la sombra de una lápida para practicar un poco.

Ésta es la historia de él, lo reconozco, las construcciones las hago en su homenaje. Desarmo algunas partes con ingentes esfuerzos –el peso de las piedras me muele los riñones, mis manos se convierten en astillas y toda yo soy piedra desollada a causa del esfuerzo de armar y desarmar los laberintos–. Como es natural, evito la argamasa. Nada puede parecer definitivo cuando estoy como estoy a merced de sus gustos. Él me indica en las noches de desvelo quiero la cruz metida en una cripta cuyos arbotantes lleguen hasta el infierno. Quiero un infierno oscuro, de entrecasa, entre las naves o en largos corredores.

Y yo vuelvo a desarmar lo armado, invento unas palancas para bajar las piedras, instalo todo tipo de poleas pero el esfuerzo final lo hacen mis pobres brazos como siempre sucede. Y ahora que recuerdo sólo he cargado piedras a través de los años. Friables piedras calcáreas, piedras tersas de granito rojo. Hoy salgo en busca de obsidiana, la verde jadeíta o la transparencia aérea del cristal de roca. Me manda él, a qué dudarlo: necesita un altar de sacrificios, una piedra más grande que las otras y hecha a mi medida. Quizá una piedra blanca para adornarla con las rojas vetas de mi sangre, el verde casi sordo de mis tripas, una mancha del color del vino que habría sido mi hígado.

O quizá quiera cumplir los ritos como establece el códice y sólo mi corazón quedará para adornar la piedra, golpeándola con fuerza en cada sístole hasta que la piedra también se convierta en un tambor monótono al absorber mi vida que se escapa. En este último caso mi tarea se acorta: no tendré que salir a buscarle un cuchillo; me arrancará el corazón con propia mano desgarrándome el pecho.

Eso sí que es morir valientemente, y para así lograrlo con anterioridad y en secreto me habré de cortar las cuerdas vocales en procura del silencio total que dignifica.

Un grito sordo rajaría la piedra. Una larga cadena de gemidos es capaz de horadarla. Y yo la quiero dejar así, impenetrada, para que algún día los guías de turismo expliquen su misterio y alabando mis esfuerzos hablen del sacrificio.

Poco sabrán los guías, sin embargo, de mi dura existencia en este mundo. En general los hombres sólo captan las cosas diminutas: las mezquinas hazañas de los héroes. De mi grandeza nadie tendrá recuerdo y mejor si mantengo mi historia en estado latente. No tengo razón para alarmarme; en algún castillo oscuro podré ocultar mis vicios y las telas de araña les darán la suntuosidad que se merecen.

Mi grandeza quedará a resguardo entre los musgos hasta que algún descubridor, un opaco antropólogo de la raza acabada venga a husmear en mis restos y perciba un destello. Ésta fue y aquí yace la nueva dimensión de lo infinito, el espléndido fulgor de las pasiones que no alcanzan a morirse con la muerte. Poco a poco mis actos han ido desbordando mis medidas; mis actos me van quedando grandes y no me resigno a ser el animal que muere de susto por el hambre al final del invierno. Esto quiere decir: ignoro las flaquezas, nunca me he agarrado al borde de la vida por temor al ahogo. Siempre me entregué con gusto a los soles más fuertes, ingerí los alimentos más picantes –corrosivos– y miré cara a cara al gestor de los miedos.

Pero de noche he sabido: las muchedumbres se me vienen encima esgrimiendo cachiporras. No veo nada. No puedo reprimir el impulso de taparme la cara y de doblarme en dos para esquivar las piedras. Muchas veces el terror me somete: uno de ellos en esa muchedumbre tiene un rictus cruel entre los labios, otros levantan el puño amenazante, otros se me escapan de cuadro al recoger una piedra más para tirármela. Unos tienen horquetas, deben ser campesinos, otros llevan navajas saliendo del zapato para darme patadas.

Yo he sido tan frágil cuando otros me atacan, la cáscara de un huevo huerfanito toda blanca por fuera con dos ojitos negros que observan la codicia...

La muchedumbre avanza y se la creería montada porque trae la estampida de las bestias. Levanta una nube de polvo que agrede distancias y absorbe sus gritos destemplados de maníacos. Yo que no le temo a nada le tengo miedo pánico al furor de las masas, a la locura propagándose por los cuerpos hasta dominar el aire, hasta inocularme a mí que soy un huevo y me largo a rodar por la pendiente huyendo de las furias.

Pueden sólo alcanzarme las motocicletas que rugen como tigres con rayada crueldad en los escapes y motociclistas negros blandiendo sus manubrios. Sólo ellos alcanzarme pueden porque yo los admiro, los retengo en mi sangre con un pie sobre el pedal de arranque y acelerando a mano. La multitud aullante con los puños en alto me da asco. De los motociclistas aprecio la osadía y quizá me deje pisotear por ellos con sus botas de cuero reluciente y sus renegridos cascos como cuencas que impiden el desbande de los sesos.

Otra vez me estoy bañando y sé que estas abluciones preparan mi cuerpo para el gran sacrificio. Soy una buena víctima expiatoria, no lo duden, tengo cierta castidad metida muy adentro y un sentimiento heroico que me ampara. Iré al holocausto con la cabeza en alto porque el dolor no importa si es el último y de jade me haré una mascarilla para paliar las caras de animales de algunos sacerdotes.

La inmolación también se da al abrir las piernas dejando que la daga nos penetre. ¿Quién no ha sido una víctima gozosa, quién no ha dado su cuerpo para hablar con los dioses? Pero yo sé escapar por la tangente: te amamanto con tus propias secreciones, soy la interpósita persona, la imperdonable.

Nada quiero saber de tu venganza. Un espejo de saliva quedó sobre mi ombligo para atraer el rayo. Si fuera necesario me enterraría en la arena con variedad de conchillas sobre el túmulo a la manera búdica y un junco largo y hueco como único contacto con el mundo. Al aire que respiro yo lo odio por serme imprescindible, por tener que aferrarme malamente a ese poco de oxígeno que me dan de limosna.

Ay, cómo quisiera volver a casa a sacarme este ojo de vidrio tan molesto. Pero mis admiradores no me dejan descansar un rato, reponer mi belleza y lustrar los cristales.

Ay, cómo quisiera ir a casa a sacarme la vieja dentadura, pero mis admiradores me exigen tantos besos que sin dientes se me gastan las encías. Ay, sacarme la peluca, estos pechos postizos si sólo mis amantes me dejaran.

Pertenecer, para serles bien franca, nada ya me pertenece. Ni estas falanges falsas, ni este corazón que es más bien una bomba. No bomba de bombeo, claro está: una bomba de tiempo de las que nunca se sabe cuándo explotan; pero explotar explotan, pueden estar seguros. Ya me ha hecho ese chiste varias veces en los momentos más sublimes del amor, cuando más lo preciso. Y el estallido me ha dejado sola, con las manos vacías –estas manos inertes, ortopédicas, piezas de gran valor a no dudarlo: he debido empeñar mis solitarios para comprarlas y ahora me son inútiles–. ¿De qué le sirven las manos a un huevito, o los dientes, o el ojo ciclopal que corona su cara? Pero mi corazón explota cada tanto –ya sea sobre el altar de sacrificios o dentro de la cama (misma cosa)– y yo debo afrontar las consecuencias: comprarme nuevas manos y reponer mis labios y volver a duras penas a fabricarme un alma porque sólo eso se espera de una: el retorno a la risa, a una felicidad ajena que no existe. Sólo existe la mía por ser caleidoscópica y hacerme sufrir tanto.

12. Todo tiempo pasado fue mejor

Hoy me quiero erigir en defensora de pobres y de ausentes. Pobres pensando en mí, naturalmente, que no tengo ni donde caerme muerta y eso es cosa muy seria. Para caerse muerta se requieren fortunas, ingentes capitales que no tengo y cuya carencia me obliga a una inmortalidad prematura. Por eso en primera instancia asumo mi defensa –no siempre con buenos resultados– ante una corte obstinada que sólo sabe acusarme con el dedo.

El dedo.

Pero cuando logro olvidarme de mí misma las cosas van poniéndose mejores y pienso en los ausentes*. Un gran ausente único que los resume a todos: el hombre, el principio viril, el macho de los machos. Esta era de Acuario nos lo confunde todo. El tercer milenio se esboza tenebroso, si es que lo alcanzamos. Tenemos el consuelo de pensar que con una pequeña ayuda de las máquinas reventaremos antes. Eso es lo bueno: la máquina por fin sorbiendo el aire, lo único gratis que todos compartimos. Y no habrá vencedo-

---

* Están los que se van, los que regresan, los que nunca estuvieron y sin embargo exigen su cuenta en esta vida. Es prestando atención como se desatan nudos, jugando con la vida y no dándoles importancia a las fealdades. Un dos tres, un dos tres cuatro, reteniendo el compás en voz muy baja dando el paso final a cada paso.

res ni vencidos, ni poderosos que aprieten los botones ni decisión alguna para ser tomada. Iremos cayendo poco a poco como moscas, que así le corresponde a nuestra especie, y todos moriremos con igual aleteo: seremos semejantes.

Pero es ésta otra historia que completa mi historia y la aniquila. Yo no estoy por ahora en busca de mi muerte colectiva, tan sólo estoy hablando de épocas pretéritas en que quedaban hombres.

Hombres de los de antes, sin fisuras,* seres inobjetables. Ahora la mano viene muy mezclada, todos los muchachos se dejan pelo largo y la reproducción con ellos se nos hace imposible. Al respecto me callo querido señor juez.

---

* Mi defensor adjunto da consejos desde la alta tarima de su cátedra, ellos le gritan right on, c'est ça, correctamente... Están dispuestos a gritarle afirmaciones en todos los idiomas con tal de rechazarlo. Casi nunca resultamos aceptables para ellos y es difícil asumir contingencias ajenas.
Les gusta desnudarse en el teatro y él prefiere vestirlos con togas medievales y ajustarles cadenas. Total están en cepos en posición infame con las piernas abiertas contra la pared de piedra.
Y después no quieren que reviente la bomba y maldicen la guerra.
La salida es la otra y a empezar de nuevo.
Están los que organizan las marchas por la paz, los que esconden ponzoña entre los dientes para que la destrucción sea lenta así pueden gozar del espectáculo.
Presten atención, les dice, no vale la pena dejarse comprar por tan poquita cosa: una felicidad casi siempre postergada, el buen olor a asadito en una parrilla ajena. A empezar de nuevo, los conmina, a salir una vez más de los pantanos y retomar la evolución a través de milenios. Mejor ser saurios anfibios, reptiles a la hora de una siesta de siglos y dejar lentamente las branquias en remojo, aprender a respirar con los pulmones. Una respiración sana, bienhechora, y quizá la próxima vez salga mejor el hombre, tranquilo y más depuradito en lo referente al alma. Es cuestión de paciencia.

He venido a defender a los otros que se han ido, no quisiera atacar a los que aquí se acercan reptando por los pisos, avanzando en el desierto como seres sedientos y yo desde mi altura los contemplo y vislumbro su secreto designio de comerme los pies. Si yo callo al minuto se detienen, si hablo reptan otro poco dejando la baba del ombligo como estela para encontrar después el camino a sus casas, a sus madres que esperan con la leche caliente dentro de sus pechos. No son malos muchachos, un poco malcriados: es vergüenza, a sus años ya deberían saber que los pies no se comen. Que pueden ser de barro o de cualquier otra materia glutinosa y de todas maneras el enemigo ni con los pies comidos pierde esa posición vertical que lo redime: el enemigo es quien ostenta el lujo de poseer el odio, quien puede estar de pie aun sin pies y no ha debido como ellos echarse cuerpo a tierra para alcanzar la baja situación de la venganza. Y yo –como ya he dicho– con tan poco que ver en todo esto, siendo más bien parte o más bien siendo mansa servidora de la defensa.

Es decir que aquí estoy Su Señoría, señoras y señores del jurado, dispuesta a defender al hombre que asediaba a la hembra, a aquel que sabía desnudarla de una ojeada, al que la perseguía por aleros oscuros para robarle algo de más valor que la cartera. Ese hombre ya no es de esta tierra, los viajes a la luna nos lo han ahuyentado, y yo pienso que merece mi defensa por ausente, espécimen remoto de un tiempo cuando hacer el amor era terrible y por lo tanto espléndido.

Diosa 13 serpiente

Soy la interpósita persona, la imperdonable.

¿Qué tiene ella que yo no tenga? Eso es lo que pregunto, al fin y al cabo, qué tiene ella para estar en los museos cambiando de disfraces con los brazos o sin brazos con cabeza o sin ella o en cuclillas. Siempre es la misma a pesar de sus nombres, la duda no me cabe. Siempre es la misma y yo soy tan distinta cambiando a cada paso y teniendo que cargar con un único nombre como si mi cuerpo y mi cara y toda mi persona no sufrieran constantes mutaciones. Condenada estoy a cambiar, a renovarme por culpa de mis células: con cada una que nace ya soy otra; estoy en todas partes de mí misma y me transformo. No me digan que no que eso es mentira, ya saben: no miento porque soy perezosa a pesar de que amo la mentira y no me canso de hacerle cosquillas con los pies mientras estoy cómodamente sentada ante una mesa tomando un wiskisáuer.

Me haría falta la imagen de la mentira para reverenciarla, aunque muchas veces le pongo las caras que aparecen en los diarios. Son fuente inagotable, los periódicos, y no preciso íconos sino esa otra cosa que es el toque de gracia: la pureza. Impura soy en la mentira, contaminada por mi ausencia de escrúpulos, mi inconstancia.

Además, si no tengo a quién hablarle, ¿a quién quieren ustedes que le cuente mi vida que es la enorme mentira? Nunca pueden ser ciertas las cosas que me pasan. El dolor, por ejemplo, o la desgracia. Los momentos de tedio los paso en nombre de otro, tan sólo por poder se me tuercen los dedos se me agrietan los labios me duelen los riñones. Dentro de mí misma yo soy invulnerable y no debo envidiar a las estatuas. Del tamaño que sean, de granito de mármol o de barro. Insisto que en la noche de los tiempos me encontrará un arqueólogo que naturalmente morirá de amor por mi persona, y no pueden culparme. Se convertirá por mí en una momia para que en algún lejano siglo –lo más remoto de mí que sea posible– lo encuentre a su vez alguna niña desnutrida y se enamore de él y siga así en cadena el amor de los unos por los otros tantas veces mentado.

Yo no estoy escribiendo una novela, sino simplemente anotando con el poco de vida que me queda esta prosa mayor que es mi testamento*. Buenas señoras, por lo tanto, que habéis tenido la paciencia de seguir hasta aquí mis

* Testamento

Cláusula I: El pecado de carne está en la carne.
  Este conocimiento debe ser asimilado por todo aquel que pretenda heredar mis bienes.

Cláusula II: El que quiera mi amor que lo cuide, que lo cuide, que no lo tire.

Cláusula III: Mis lectores me lo deben todo y de ellos espero atenta dedicación si aspiran a heredar mi diario.

  A los gatos de la muerte les dejo estas uñas
  que me seguirán creciendo después de muerta,
  para reemplazar las de ellos cuando les fallen.
  Yo quiero compañía.

magras líneas, o que habéis por azar abierto el libro en esta precisa página, cumplid fielmente con las disposiciones y venid en hilera a orar ante mi tumba.

Y clavadme la estaca que lleváis en el pelo en el lugar exacto donde mi corazón se encuentra.

(Total él está en otra parte, abandonado como mancha de tinta en algún hotelucho o palpitando por ahí en un afán remoto por recuperar esas sístole y diástole que me llevé conmigo.)

La estaca es para eso: evitar que mi pecho tan vacío suba y baje en la tumba.

Eso sí: cuando el día de la muerte me acorrale, tenderele celadas minuciosas. Vamos a ver quién gana, si la muerte por ser más avezada o yo por estar más disponible. Es la disponibilidad lo que me salva, y el corazón dispuesto a la ignorancia.

Somos pocos los que sabemos apreciar esta vida, yo y el hombre al que amo cualquiera sea éste al llegar el momento. Y yo vivo muy pendiente de los cambios para que el gong no me agarre repitiéndome.

El tibio calorcito del hogar me arrellana de a ratos, una luz fría de cocina me despierta instintos que no tengo. Hay recuerdos de besos frente a ríos, una noche de nieve en el banco del parque, el color submarino de tortugas. Varios nombres barajo sin ninguna alegría, ellos andan un paso más atrás de lo que ando y el tratar de alcanzarme les resulta nefasto. Se debe a que galopo en las tinieblas y mi rumbo de puro imprevisible no puede ser seguido por los otros. Pocos conocen el dulce ronroneo de la angustia al no saber adónde se va, ni quiénes somos, ni de dónde venimos.

Voy por rumbos oscuros esperando que me tome de la mano y por una sutil ósmosis me entregue su savia a la altura de la línea de la vida. O del monte de venus cuando ciertas tendencias nos entornan los párpados.

Es una dulce trampa, me doy cuenta. No quiero cambiar mis laterales ni hacer mi testamento del lado establecido de las cosas.

Aquí no ha pasado nada, ni pasará ni pasa. Si estoy en Buenos Aires quiero irme corriendo en busca del desprecio. Un solo asesinato resplandece y se traga las luces de aquellos que vendrán. En Buenos Aires hay que salir corriendo hacia uno mismo, disparar de la nada. Son distintos los oscuros degüellos perpetrados a diario, tenemos que comer con nuestras manos los restos de un dolor fosilizado y hacer actos opacos por la noche: pasearnos por el puerto donde las sirenas trinan con voz enronquecida y la verdad no existe.

Un vaso de ginebra en el fondo del alma, una barba algo rala, colorada, los ojos de un demente. Sabe ver cuando quiere, ocultar las escarchas del placer congelado, cometer imprudencias acá y allá en redondo, cercándose a sí mismo. El monstruo es destetable, podremos apartarlo de nosotras con un poco de esfuerzo. Tengo miedo y cordura al mismo tiempo, tengo planes celestes que nunca se han cumplido. Mi gato de la muerte es de una raza extraña, quizá pueda aplacarlo, quizá ese punto blanco justo justo en el fondo de una raya sea el toque impredecible del retorno.

Exijo ser leída con calma y rebeldía, con una balancita para cada palabra. Éste es mi testamento y leeremos como leen los abogados, dando a cada vocablo justo peso, sin invertir el orden de las cláusulas, equivocándonos. Por suerte alguien sabrá que el significado es otro y me leerá tan sólo en los reflejos. Será justicia.

14. De nutriciones
y gastronomía letal

A él le gustan los lugares con encierro porque el aire se vuelve respirable, está ablandado. Es como dejar que otros nos mastiquen la comida y nos den una manita en las tareas más arduas de la vida. Pocos son los que se prestan a esas obras de pro: se hace necesario correr tras ellos con las bocas abiertas y los brazos en jarra esperando que caiga alguna miga de sus bocas, o algún escupitajo. Personalmente me repugna este sistema pero él necesita que le hagan las cosas y yo lo aprecio tanto. Llega a desesperarme la idea de perderlo: hay muchas que a su vez lo siguen boquiabiertas, boquiabiertas e indignas y cariacontecidas, olorosas a celo en mitad de la noche.

A su vez doscientos hombres las persiguen gimiendo de deseo. ¡Qué asqueroso el deseo de los hombres cuando tiene un destino que no está en mi vagina! Qué innecesarios y abyectos son los falos que no son ese falo caliente que yo amo. Son un asco los otros cuando no son queridos, cuando algún perro ciego no los sigue fielmente. Nada puede servirnos de ternura, un objeto no basta para hacernos felices largo rato. A los gatos les he dicho que no deben meterse con objetos pero ellos no me escuchan. Con desesperación casi maníaca arañan botellones, atacan las enciclopedias, quieren matar una lámpara. Pierden el tiempo lamentablemente, yo les digo, y el tiempo es vital en la tarea de ustedes. Con cada distracción de los gatos de la muerte se viola una estadística, cada personaje que no muere es uno menos en los computados segundos de lo eterno. Y las estadísticas no fallan, no debieran fallarnos, si no ¿qué nos queda a nosotros incapaces de prever el futuro?

Los gatos de la muerte deberían ser esclavos de don Gallup, hacernos ese magro favor ya que el día menos pensado nos destruyen. Es ése su deber: el índice de mortalidad debe mantenerse inamovible –señalando las víctimas– y ellos ni tienen por qué perder el tiempo con objetos.

Pero la memoria de los gatos es inmemorial y recuerdan épocas remotas cuando el hombre se inspiró en las formas de los peces para modelar sus objetos cotidianos. Fue un desesperado intento por no alejarse de la naturaleza. Claro que la naturaleza no quiere saber nada con el hombre y de inmediato cambió la forma de los peces. Ahora una tetera tan sólo se parece a sí misma, el paraguas no tiene su réplica marítima y los peces han adquirido formas insólitas que combinan el aeromodelismo con la repostería.

Yo quisiera tener los colores indiscretos de los peces, o ser una mina de sal de la que hablaré más tarde. Pero a las cansadas logro un tinte sonrosado en las mejillas cuando voy en el subte y ni el más leve gusto a sal cuando algún desaforado me hiere hasta las lágrimas. Puede que no sea necesario flagelarme para eso, quizá baste un tajito a la altura de las venas para dejarme ir y esperar mucho menos de los otros.

Con algo de frío adentro y una eterna belleza. Después del calor de los desiertos ocres, la mina de sal tan transparente y paredes de cristal por las que chorrea mi sangre. Bien adentro: hielo sembrado con tesoros de miseria y ese rojo coagulando más allá de los cristales.

Sólo logro nuevamente una humilde lágrima salada y eso no es todo. Quisiera sentarme a buscar un torrente de lágrimas, sintonizar el coro de lamentos y llorar a piacere. Lo malo es que ya no me entristecen los gemidos; ahora me alientan, me dan ganas de seguir en esta vida tan bien acompañada por sufrientes y seres desgarrados que a mí acuden, por los perros sin patas y los gatos sarnosos malparidos. Los dolores ya no me entristecen, son más que naturales: cotidianas miserias que hacen las delicias de los cónyuges con llagas entrepegadas para sorberse los líquidos oscuros.

He visto a más de una pareja pegada por sus llagas, disolviéndose gustosa en alguna de esas enfermedades milenarias que los hace sentir en armonía. Lo comido se reintegra a su forma inicial, todo lo que pierde su forma es devuelto al gran caos del que venimos y por lo tanto es bendecido por nosotros los que somos amorfos, los pocos que tenemos el coraje de anular la evidencia cuando nuestras máscaras internas se impacientan y salen del encierro de la carne prolongándonos quizá en nuestros olores, en algún efluvio casi fantasmal que nos transporta.

Nosotros somos los guardianes de este mundo, el otro mundo que se cuide solo: no necesita amor, ni vigilancia. Irreverente despliegue de seres descarnados ya nadie estará allí para cuidarlo, ni para volver la cabeza con asombro ni para para. Yo soy el distinguido maestro don Isidro, no puedo revolcarme en las miasmas, en las montañas negras de carbón de piedra, en la vida intestinal del oleoducto, en esa cloaca cubierta de pellejos que es el ser humano.

Se necesitan maestros para el hambre, he leído quizá en algún diario matutino bajo el rubro se busca. O quizá en algún libro de poemas que ojeé sin querer, inadvertido, ya que soy el poeta Isidro, el isidropoeta, y pocos más que yo pueden decir verdades.

Claro que reconozco en esta frase la voz de quien me llama. Se necesitan maestros para el hambre y sólo pueden pensar en mi persona. Mi oído musical compondría sinfonías de meteorismos y ordenaría el cloqueo de las tripas vacías. Mi aviesa visión estética descubriría el dulce rubor verdoso de esos seres que muestran las costillas.

Hay doblados en dos como los codos, hay quienes son sólo eso: codos verdes doblados en V para pinchar los vientres de los niños raquíticos (un vientre como un globo inflado inflado barrilete a las nubes que sólo yo remonto, siendo como soy su maestro en el hambre, dándoles un poco más de aire –lo único que tengo para darles).

Mi magisterio lo ejerzo como un sacerdocio. El nombramiento oficial ya me ha llegado, sólo resta arreglar lo pertinente al sueldo.

Hay gente para todo, a qué negarlo. Cuestión desnutrición o nutrición, eso no importa. Yo conocí un buen hombre que tenía la costumbre de alimentarse de lágrimas: las lágrimas profusas de la mujer abandonada en una esquina. Volvía a su casa satisfecho, no probaba bocado, su legítima esposa lo insultaba pero ¿qué podía importarle a él, empachado de lágrimas?

Hay quienes buscan los zumos más secretos y complejos como el ácido láctico del cansancio o bien la adrenalina. Son éstos los más entristecidos, más dañinos.

Lo encontré con un cartel de venta a bajo precio colgado de la espalda: hay que pagar los vicios como mejor se puede, cosechar sucios pesos del desprecio para comprar un viaje hacia las lágrimas, una eterna caminata hasta agotarla a ella o un buen susto que la deje temblando, drenando adrenalina.

Ya nada viene fácil hoy en día, la gente es muy avara en secreciones.

BOTONES

Siempre tengo que meterme en todo, qué cansancio: mi dedo en las llagas más remotas, revolviendo, mi nariz al aire para husmear conflictos. Estoy requeteharta, esto no es vida.

Vida es la que llevan los ricos en sus autos, los que aprietan botones. Ellos no tienen que salir de noche a codearse con rengos ni tomar aguarrás, ni inyectarse en las venas mayonesa para entrever qué está del otro lado. Una gota de mayonesa, claro, o quizá de manteca de maní y el corazón da un tumbo –casi el último– y se siente la muerte al alcance de la mano, tan poco tenebrosa. Un simple ensayo, una pantomima para vislumbrar la muerte y amigarse con ella.

Los ricos nada necesitan, no saben correr riesgos. Pueden pagarse una muerte en technicolor y en 70 mm sonido estereofónico. Pueden llevar una bomba en el maletín de mano y hacer volar el jet en plena travesía. O costearse una guerra en un país remoto y –el día menos pensado– lanzarse allí en paracaídas y morir por efecto de sus propias granadas.

No necesitan correr tras de la muerte o tratar de saludarla en cada esquina. Ni domesticarla como hacemos nosotros cuando la llamamos para que no nos falle en el momento preciso, no nos abandone ante todo el dolor que soportamos y un poco más también, de pura yapa.

En las cárceles hay veces que la muerte no cruza los barrotes ¿qué hacemos nosotros entonces, los pobres que no podemos pagarle la visita?

Por eso debemos conocerla desde jóvenes, acariciarle el lomo, avanzar paso a paso llenando nuestras venas con menjunjes para que ella se amanse. Hay que domar la muerte hasta que acepte arneses y trote mansamente a nuestro lado.

No es fácil, no, esto no es vida siempre al filo de lo otro. Ni tiempo hay para el amor, para un poco de esperanza. ¿Qué querrán decir estas palabras? ¿Qué arcanos oscuros, qué misterios? Los ricos sólo aprietan un botón, nosotros somos parte de la rueda.

Si la comida nos llega con algo de veneno, mejor: ya es hora de ir acostumbrándonos. Si el veneno está en lo que ingerimos subrepticiamente, mejor aún, es eso lentamente lo que un día nos llegará de golpe sin siquiera avisarnos.

Los ricos exigen una muerte con preaviso. Es parte de los pactos. Ellos quieren morir bien preparados, apretar el botón y que estallemos todos. Por eso sólo bailan con aire destructivo, destruyen al hablar, nos matan las ideas, se las comen. Se nutren de lo nuestro, desesperadamente, pero nunca podrán aferrarse a esta muerte cotidiana –animalito doméstico– que tenemos nosotros los que conocemos el miedo.

15. Viernes 28 de agosto

CULTO CATÓLICO

Nuestra Señora de la Consolación

En la parroquia de esta advocación, Canning 1073, se iniciarán hoy los cultos en honor de su santa patrona, cuya festividad litúrgica se celebra el domingo 6 de septiembre.

Congregación de la Buena Muerte

Se reunirá mañana, a las 8, en su misa mensual que se efectuará en la iglesia del Salvador, Avenida Callao y Tucumán.

Paso a mañana como es de suponerse, nadie nunca a mí me ha consolado. Aunque sea a las ocho... aunque la buena muerte... No es fácil ir llevando mi diario clandestino y atender los pedidos. Pienso así en muchas cosas, quisiera presentárselas antes que de mí se alejen, me abandonen por zonza. Hay tanto de qué hablar, hay tanta gente, están esas *Señoras las Desgracias* y yo quiero escribir trescientas y sesenta y cinco páginas para honrar cada una de las noches oscuras de este año. Quiero escribir una página más que tendré bien oculta en el bolsillo por si acaso mi muerte cae en año bisiesto. El calendario gregoriano debe estar amaestrado con su peso a mi favor para que ayude en la lenta procesión de noches y apure las infames y retenga para mí las que son tiernas. Quiero quedarme quieta en el líquido amniótico de una bañera para que esas desgracias que flotan en el aire desciendan en picada sobre un cuerpo distorsionado por el agua y se ahoguen a mi vista. Hacen vuelos rasantes, las desgracias, casi nunca se elevan ni adquieren proporciones de lo eterno. No necesito catalejos para verlas, ni un ojo de gato condensador del aire. Veo siempre las desgracias como nubes que ocultan el sol si por descuido el amanecer me agarra al aire libre. Suelo echarme a dormir donde me pesca el alba, bajo una capa de rocío que conservo para mantenerme fresca, en buen estado, nocturna como a mí me gusta sin andar por ahí absorbiendo rayos, vitaminas. Quiero ser transparente y enfermiza, alimentada a ostras tan pálidas y puras.

Me tomo las lágrimas del mundo cuando como las ostras. Saboreo la blanca pulpa interna de las mujeres negras, las únicas que siento muy cercanas, mis únicas hermanas.

A las ostras en México las llaman ostiones: un método sencillo para purificarse, una fórmula más para comulgar un poco.

A las desgracias ni sé cómo las llaman, tal vez no hayan querido darles nombres para no convocarlas; tal vez les digan Lupe, Juana, Rosa, así identificadas porque las sienten cerca, casi primas, hermanas casi o formando con ellos una sola persona fatalista. En cambio yo a las desgracias las trato de señoras, no quiero incorporarlas a mi círculo áureo porque son como capas que aíslan a los seres y yo quiero llegar a hacer contacto:

los buenos conductores, muertos por la descarga.

16. De por qué me retraigo por qué quiero ir a un baile

*El hotel melancólico en la noche
navega hacia la muerte.*
MÁXIMO SIMPSON

Hermano lobo, hermano topo, cuis hermano y hermano oscuro: estos juegos ya empiezan a cansarme. También los viajes: salí en el tren del odio, tomé el jet a Chucuito, exploré pirámides, anduve en los laberintos cerrados de seres con meandros y curvas y el colon ascendente. Creo que hoy, 21 de septiembre, en otra primavera tan seguida, ya no tengo el coraje de asistir a los verdes y por eso me encierro entre cuatro paredes con dos techos encima para impedir la entrada a colores extraños. He tapiado ventanas, tapio ahora las puertas y me quedo tras ellas escuchando los pasos que el corredor se traga.

Pasan hombres armados a través de paredes: el reverente arqueólogo, el violinista imbécil, el que usa zapatones de buzo porque intenta meterse en las honduras.

Yo también me solazo en aguas turbias dentro de mi pieza dentro de mí misma. Él circula con un halo de pececitos ciegos y las algas del ahogado le cubren la entrepierna. Los corredores retumban con sus pasos, quiero que me preste la escafandra para salir al aire.

Con la escafandra puesta enfrentaría la vida, atendería los mitos de los seres humanos: pagaría los impuestos. Para eso naturalmente necesito un yelmo, una armadura estática. Protegida por un campo magnético me siento capaz de encarar los problemas repeliendo a los otros. Si los tengo encima los prefiero, o bien lejos y fuera de mi alcance. Lo que rechazo es la media distancia, la perspectiva exacta de todos sus fracasos.

De muy lejos parecen laboriosos, de muy cerca hay un ojo ciclópeo que me mira una mano gigante me acaricia; de muy cerca hay pedazos, de lejos nada queda y es lo mismo. A través de paredes se complica la cosa: tan cerca y hay tan poco.

El arqueólogo junta fantasmales recuerdos, pedacitos muy tiernos de pasado. El violinista –que también colecciona– reúne en una sola inalámbricas notas y hace chirriar los frenos. Pasamos a tercera y no nos alejamos. El violinista tiende hilos con sus notas es una telaraña me envuelve con el gusto tan agrio de sus sones me salpica de esperma a través de las paredes.

Para un conjunto armónico son pocos estos tres caballeros que pasan cada tanto por largos corredores a los que da mi pieza. Es un hotel extraño:

no tiene ni ventanas de cada cuarto salen escuetas chimeneas que arriba en la terraza sacacorchan la noche. Por allí deben salir a borbotones los pasos del pirata con zapatos de buzo, las fusas semifusas violinísticas, el siseo monocorde del arqueólogo que no tiene voz propia.

Tirada sobre el piso en mi jergón de viaje escucho los lamentos de mi trío y alcanzo a venerarlo. En cualquier ciudad a la que acudo me reciben con música. Un andante con moto, un allegro fortissimo y la felicidad me invade pues sólo yo la escucho.

Es como si el sol de otoño inundara mi pieza –y yo detesto el sol, detesto los otoños– es como el sol de otoño sin ser el sol ni otoño y sí muy placentero a mis sentidos. Son ronroneos de gusto, toco piedralibre y es la filosofal, chafariz de juvencia en la que me sumerjo, cachoeiras de dicha.

Me empapo plenamente y me convierto en bafle, transmito para todos mi música privada.

Oíd mortales, les digo, oíd el ruido, conmino. Sé que nadie me escucha y me siento tan sola como siempre lo estuve enfrentando tormentas. Entre cuatro paredes, por supuesto, donde no entra ni el aire. Y pensar que he sido espiritista, me he elevado tan alto en busca de los otros. En este hotel melancólico del barrio de Belgrano sólo sé de los seres a través de paredes, veo sus sombras que pasan debajo de mi puerta, me enamoro de ellos cuando crean artificios musicales sin lograr atraparme.

Más de una vez he querido pasar por las hendijas para hundirles los dientes en el tendón de aquiles o estirar una larga lengua y lamerles las plantas. Esas cosas perrunas —ay, como tantas otras— no se avienen conmigo.

Por momentos los peces del pirata se cuelan a alumbrarme. Son los mismos que iluminan su ruta cuando con el traje de buzo explora los abismos. Pececitos bruñidos como espejos dan una luz de luna ideal en mi noche. ¿Quién le dará la luz a estos iluminantes? Debe de ser la mano que el violinista tiene metida en una caja. Mano secular que le tiende una mano cuando la necesita. Cuando escala los muros, por ejemplo, y se aferra a la hiedra tratando de llegar a mi persona que no tiene intersticios.

Las confesiones las iré haciendo por orden de importancia. Ahora debo decirles que yo soy inviolable y no presento brechas. Por eso estoy aquí, por eso voy cantando y me transformo y puedo irme ya mismo a pasear por el Village con cierto olor a sándalo y sentarme en un umbral de la Calle Tercera a escuchar acordeones que no tocan. Me gusta escuchar lo que no es, desatender lo ajeno.

Mío es todo aquello que escapa a los otros.
Sólo eso es lo mío, jamás son los objetos
siempre tan codiciados: una casa anchurosa,
antiguos muebles táctiles, un auto.

El arqueólogo, el buzo, el violinista imbécil no pueden
ignorarlo. Por eso cabalgan siempre por largos corredores
y pasan y repasan frente a la dura tapia que saben que es
mi puerta sin saberlo. ¿A través de paredes extiendo vibraciones? ¿Verán todo mi cuerpo, mi grácil movimiento?
No sé si me transmito en ondas o en pequeños corpúscu-
los propago esta mano que sabe acariciarlos. Es mi mano
o es otra de las que fueron mías cuando jueces remotos
aplicaron las leyes y me amputaron miembros. Es mi mano o la otra que el violinista tiene de repuesto en un rincón del cuarto, pronta a actuar de suplente. Hubo una mano histórica cortada allá en La Higuera, guardada en
algún frasco. Hubo un dedo del que nadie conoce la vergüenza también en algún frasco –allá en la Patagonia– a la
espera de un recibo para imprimir su huella. Érase un comisario, érase también un cabo que murió en la contienda
o más bien en la tienda de ramos generales. Y gracias a ese
dedo el pobre comisario pudo ahogar cada noche en la ginebra la muerte de su cabo, cobrando sus haberes. La per-
sonalidad de muchos y también su venganza está en el dedo gordo, yo siempre lo repito.

Mano a mano, mano mano, manos hay para todo. La V
de los dos dedos que fue de la victoria, el pulgar asoman-
do por el puño que trae la buena suerte del lado macumbe-
ro, dos dedos juntos de la bendición cristiana, dos dedos
como cuernos que vienen de Judea, la palma de una mano
quiromántica, la mano cerrada sobre el oro para obtener

dineros, el puño en alto de las Panteras Negras, cuatro dedos para el odio pues recuerdan un cierto tenedor clavado en cierto vientre.

La mano del violinista imbécil es la que mejor pertenece a mi muñeca. Habrá sido de una bella transilvana, una mano vampira vampiresa de uñas descarnadas. Una mano guardiana de aquello que no ocurre, que está por ocurrir, que ya me tiene harta de puro acontecido. Quiero observar un poco las misiones, palpar y usar el tacto.

Estoy completamente recubierta de hiedra, soy pared del hotel áspera y fría. Tengo un balcón deshabitado y muy poco contacto con los otros.

La invitación

Una pared rugosa recubierta de hiedra en crecimiento con la sana esperanza de vestirme de fiesta. He tapiado la puerta pero dejé una hendija por la que pasa un sobre. Sé que debe llegarme la invitación a un baile impresa en letras góticas con escudo dorado. Alguien debe de andar por ese mundo guardando mi recuerdo entre flores marchitas.

Todos mis pretendientes son unos anacrónicos, los enamorados me vienen de otras épocas, todavía no han llegado y por eso yo espero cada noche la tarjeta en su sobre que me invitará al baile. Quiero ponerme la máscara de honrada ciudadana, limarme los colmillos. Tendré un tono rosado, rozagante, como si viera el sol cada día de mi vida. Ya sé que en este hotel van a encontrarme: estando en Buenos Aires no podría refugiarme en otra parte, busco sólo la hiedra, la buena y alejada compañía.

Yo iría a cualquier baile con tal de divertirme aunque

quieran matarme por ser tan diferente. El organismo del mundo sin duda me rechaza, me expulsará muy lejos por ser un cuerpo extraño.

Siempre los distintos suscitamos rencores, pregúnteselo a Cooper, pregúnteselo a José Díaz que accedió al envidiable mundo de los ultrajados y a la fama breve de los vespertinos:

BROMA Y ORGÍA DE SANGRE

Está aclarado el escalofriante asesinato de un zafrero en Tucumán. Todo comenzó por una broma sobre la larga melena de la víctima. El autor del hecho, así como también otros tres participantes de la orgía de sangre, está detenido. Con saña sin par, el asesino apuñaló a su víctima y, luego de derribarla zapateó sobre su cuerpo y después se sentó sobre él para seguir acuchillándolo. Cuando estuvo sin vida, de unas cuantas puñaladas le arrancó el cuero cabelludo.

Por mi hendija alguien pasa los recortes, en mi parque alguien se descuelga por ramas mientras mi escalamiento de hiedra sigue libre su curso. Yo no trepo: me trepan, desde aquí me observo jugar a ser mirada con mi propia mirada que me guarda cariño.

Juego a ser observada mientras la invitación no llega y estoy sola. Después será otra cosa: una danza de negros desnucados blandiendo sus cabezas. ¿Qué tengo en la cabeza? preguntará una bella. La cabeza de este hombre ahora mía en la que puedo meter lo previsible: un manojo de llaves, verbigracia, un lápiz o un pañuelo.

No me gustan las fiestas donde las bellas usan cabezas de otros seres a modo de cartera, pero no faltaré si por casualidad me invitan. Seré otra, lo sé, cuando vaya a una fiesta, desataré mis múltiples facetas.

lo maoo suele ser lo otro, ese hacer el bien a los débiles que
no lo necesitan orpimirlos por que sí sin querer menjunjar-
los niarrancarles los ojos a fuerza de lágremas ajenas a fuerza de gliptodontes y zocarontes que ni ellos ni nadie logra-
rrán co nocerce nunca más nunca más le dijo y no se vieron
efectivamente ese fin de semana ni el otro ni el de más allá.
Un d óa un hombre se salió de el camina y encontró una
vaca muerte e en medio del pastizal encontró una vaca después una oveja y llegó así hasta el gliptodonte muert vlrao
está porque el camino era el tiempo como siempre sucede
ay por qué se me mezcl n las dimesiones hast aconfigurar
toda una dimensión de los absulotuo quiero fornicar quiero para no tener artieroesclerósisi como dice el médico
aquel quiero arterioesclereosar quiero para no tener forni-
cones en la cara ni grnujas en el culo ni nada que puede
molestar el l ibre curso de mi belleza quiero omar leones
quiero tener un bisturí a mano para cortarme la lengua cada día quiero y quiero y quiero no pertenecer a nada p rque
el pertenecimiento borra toda posibilidad de revolución q
u es lo únioc perdadero en el hombre en el hombre en el
hombre y en la mujer también que aunque nos se se la
mencione tiene su cuen el tetrespejo no tien reflejo el te-
traedhor no tiene nada de eso que hace a los tetarahedroes
tetrahedróticos, aiquerer es poder, le contestó el otro uqe
nunca pudo en psu pputa vida ni tampoco en la otro vida d
emujer honesta como bien lemdicen a la que no oba ni be-
be ni fuma marihuana ni hace ning an de esas chanchadas
infames que hacen a la vida, vida.
   primera viesta el al a que concurro vesti da de tules
blancos como una novia de telara;as verdes como una aho-

gada de azules esparadrapos como un herido en el ai re la primera fiesta tiene buena músca y son puros lamentos me sacanna bailar tan sólo los vendados la primera fiesta vien y se va qué le vamos a hacer con esta primer fiesta donde el minuet es el mayor de lsoacercamientos y ni ún apretóan de manos.

por el bosque a la segunda cfiesta no queero desperterme sería inútil tidi intentod e asomar a la realidad yo nomsuelo pensar en la realidad como decía georgie para los íntimos y para los que no lo son que al in y al cabo qu én peude ser pintima de un ahomb re blando se aprieta pero nò se penetra nonnon non. en la sefunda fies ochen el baile tiene caractere más alucinantes ra los que no lo conocen de cerca, el baile siempre es alucinante para noso rosmque sacudimos las largas melenas sin parar hasta que el pelo arrastr las cabezas y las cabezas el cuerpo y el cuerpo el suelo ty todo se mueve al comp's tperotres segundos más tarde de maner que ese desfaza miento es lo que lo hace irreversible y trágico.

17. El gato eficaz

Nunca dudé que dejaría un estigma y sin embargo le permití dormir sobre mi cuello. Ahora tengo una quemadura negra en la garganta, un espeso contorno y cuatro patas. Era un gato de la muerte y lo dejé dormir sobre mi cuello en busca de un abrigo. Como si estos bichos abrigaran –irredentos, solemnes– como si de ellos se pudiera esperar alguna gracia.

Pero yo sé muy bien que la garganta se la debe exponer a lo que venga. Los lobos, por ejemplo, sólo así detienen furias del enemigolobo. Yo no tengo enemigo –ni siquiera lobuno– y ni pienso ponerme a detener a naides. Sólo quiero informarles que si tengo un defecto no lo oculto, expongo la debilidad de mis 4 costados, en mis estigmas no aparece el sello De Uso Oficial Exclusivo y están aquí a la vista de todos los contritos desdentados.

Dientes en mi cuello eso sí que rechazo: me repugnan. Hay tantos más vampiros de los que figuran en las guías telefónicas y soy sólo esplendente con toda mi sangre a cuestas. Me niego a parecerme a aquella señorita que fue enverdeciendo con cada luna llena. Enverdeciendo sin brotar, en pudredumbre. Nada rojo manaba de su cuerpo, risible nada: la carcajada es roja, rosada la sonrisa. El tono de ella era verde malvón del color de las hojas que crecen en el Village al compás de vapores. Pocos saben de eso: la gente sólo ve el vapor sin ver las hojas verdes que forma al desflecarse. En el Village las flores sólo son de papel, alegres coloridos para pena del alma pues el papel es trampa y nada que provenga de él puede ser recordado. El papel es trampa, yo soy trampa toda hecha de papel y mera letra impresa.

Ella en cambio era verde como un verso de Lorca y peinaba las lianas de su cuerpo por donde corría la savia. Savia con clorofila, fotosíntesis, un mundo vegetal descomponiéndose hasta hacerse petróleo ante sus ojos. Y como vampiros nunca faltan –lo repito– también encontró el suyo a pesar de sus cambios.

Era un rico tejano con sombrero, completito, que le plantó su torre bien adentro y le sorbió los aceites más pesados en lugar de irrigarla. Un taladro, el tejano, verdadero artífice del pozo aún dentro de ella. Pudo así obtener un alto porcentaje de gases combustibles, un poco de solvente. Pudo arrancarle amor que también arde, ofuscarse en caricias petropútridas.

Yo conservo mis tonos sonrosados para un día de nuevos combustibles, permito que se hagan prospecciones por toda mi persona y elucido así la razón de mis zumos, los dejo invadir conductos, poco puede importarme si me llaman promiscua.

¿Promiscua?

Eso sí que no soy. Me sé mantener aislada en medio del tumulto y cuando digo estar en un cuarto tapiado es que viajo en el subte a las seis de la tarde. La muralla es humana, por lo tanto, son los cuerpos que tapan las ventanas y me obstruyen las puertas.

Por los túneles vagan los que quisieran ver la luz del día. Están ciegos y sordos y ateridos: sólo oyen el rugido del tren que se les echa encima, ven la luz del gran faro, la electrificada vía les conmueve el tacto, huelen a quemado a causa de los roces, en el paladar sienten el gusto del desastre. Sólo en subterráneos funcionan sus sentidos y por eso sobrenadan las tinieblas arriesgando su vida.

Sin sentidos carece de sentido estar en este mundo.

Cosa muy diferente nos ocurre con eso que llamamos sentimientos. Sentimientos de culpa no nos dejan actuar nos detienen la mano a cada instante a causa del recuerdo de hechos imputables. Sentimientos de fracaso nos corroen por la tarde cuando llega la hora de lo que no tenemos. Como único sentimiento yo me quedo con mi gran autolástima: lloro tan bien por mí, me lamo las heridas, me aliento en las empresas y me perdono al fin cuando todos me culpan.

Me perdoné un día en Chacarita ante tribunales sabios. Tenía un juez indulgente que era yo, un jurado volcado a mi favor y nada de fiscales. Señor juez, yo me dije, absuelta estás, hija mía, me contesté al instante. Absuelta sum, canté en coro conmigo absuelta sum y me fui en bicicleta a recorrer las calles.

Ya ni me acuerdo de qué se me acusaba. Prefiero no acordarme, mejor dicho, para no tener que apelar a la Suprema Corte: las más de las veces desapruebo mis actos y busco algún castigo.

Siempre es él quien no quiere castigarme. De sádico, no más; no puede ignorar que un poco de castigo me hace falta. Un poquito no mucho, tal vez en una oreja o en alguna otra saliencia alejada más bien de mi persona. Hasta me dejaría cortar las orejas en punta como un toque diabólico aunque ya no se use el satanismo. Ahora se usa el bien, la buena gente, las intenciones sanas y el amor a algún prójimo distante. Queda bien suspirar por los que tienen hambre sin por eso permitirles hurgar en nuestras ollas. Queda bien recordarles que el arroz es más sano con la cáscara y dejarles la cáscara. Cuando lleguen las bandadas de zombis a comer la cosecha otra va a ser la historia. ¿Por qué serán sagradas las cosechas si están lejos del habla, de toda inteligencia?

Los gatos de la muerte defienden las cosechas con orejas en punta y el bigote recortado dentro de la cara hecho con chapa negra y duradera. Como el Gato Eficaz con ojos de bolitas, con ojos de cristal tallado y reverberaciones propias. Es terror de los pájaros, de loros y palomas. Ahuyenta a rata y laucha. Atemoriza a liebres, comadrejas y a todo animalejo dañino para el campo. Ahuyentará a los zombis que avanzan desnutridos en pos de nuestras mieses. Si lo duda, lector, vaya sabiendo que el registro de marca y la patente están en trámite y que es el número 10.477 el modelo industrial (de reproducción penada por la ley).

La reproducción de estos gatos no sólo está penada por la ley sino que es imposible. Si son pura cabeza de ojos centelleantes moviéndose si hay viento, y deben colocarse a cinco metros de distancia unos de otros para más resultado.

Cinco metros son muchos por más eficaz que sea el minino. Sin embargo recomiendo vivamente no plantarse en su radio de acción: de las cabezas de aluminio anodizado –como reza el prospecto– saldrán babas invisibles –es lo que corresponde– y se armará una trampa para cazar hambrientos, sus únicos amores.

18. Una también tiene su corazoncito

Si estoy en Buenos Aires cómo me gusta vagar de madrugada por el Village. Tiene el gusto del estómago vacío, una forma geométrica, tiene alambre de púas, es temeridad en estado latente, hierve su contenido.

Él debe saberlo allá en su tierra, debe estar donde estoy aunque se tenga rabia y los gestos usuales le carcoman el hígado. Lo veo con una regadera regando unas plantitas diminutas. Lo veo y sobre una pantalla sin quererlo proyecto mi visión: es marihuana, dice el otro a mi lado. Prefiero no aclararle que es simple valeriana, una mata creciendo hasta taparlo a él para engañar a los gatos de la muerte y atraerme tras ellos.

Creo que iré a cualquier lado donde estén estos gatos de la muerte, mis viejos compañeros. Los odio y por eso los persigo fascinada. Soy hasta capaz de desesperar por ellos, saltar sobre la mata y encontrarme con la barba de él cubierta por hojitas.

Hubo épocas en que su barba era de ojos –no de hojas– ojos inspectores de mis fibras musculares. Entonces era yo rica en tensiones y él me amaba. Hubo épocas en que me divertía imitar a los otros prodigando mis gestos; estiraba una mano para acariciar un hombro, despeinaba unos pelos.

A veces me retraigo, me devuelvo a mi cáscara bivalba.

Él entonces cultiva valeriana y las patas le crecen y estiran guías de ayuda.

El otro lo confirma: se acercan vegetales. Anualmente se acercan vegetales, se repite el furor de las raíces.

Él allá da la mano a quienes lo saludan va en un auto grandote sacudiendo los brazos. Va de pie, con galera toda hecha de hojas y son las niñas rubias –blancas y rubias sumergidas en agua oxigenada– las que le abren el paso y también otras cosas.

La fábrica de niñas rubias debe de estar en la selva, debajo de la fronda. Con hojas del tamaño de cosacos para evitar destellos y con poros dilatados por el calor reinante el agua oxigenada hace su trabajo y blanquea hasta el alma.

Después un túnel largo las lleva hasta la ciudad alta donde él las espera envuelto en las tinieblas. Un baño de neblina les fija la blancura, son rubias para siempre.

Él debe inspeccionarlas por fuera y por dentro a ver si lo merecen. Y deben ser tan pálidas, exangües. Deben ser pudorosas, saber usar las manos.

Yo mientras tanto me acerco paso a paso: aunque las quiera blancas nunca podrá negarse a lo que yo le ofrezco. Le llevaré mis gatos, él estirará el cuello mientras los acaricia como con papel de lija en la mano rugosa echando chispas. El chirrido que arranca del gato a contralomo me revuelve la sangre: un vibrar pulsátil, una onda sonora llega hasta mi camastro y yo aprieto las piernas a falta de otra cosa.

Él se va por los campos en un compás de espera mientras oye el martillo del que está demoliendo. Él construye castillos los llena de vacío, hace un baile de máscaras el día de los muertos y está por invitarme. A las rubias les sientan las mortajas, y yo podré ir de negro con una piel de gato alrededor del cuello para ocultar estigmas. No quiero que él los vea ni se entere que duermo con un gato aunque sea en la garganta; tengo miedo que los celos se le tiren encima, lo rasguñen, se abalancen sobre él y de un zarpazo le desgarren el trío de la entrepierna.

Los celos poco a poco se le acercan: la ronda ya está por encerrarlo. Ve las manos gigantes, las palmas agrandadas, la huella digital se le imprime en la frente. Un rostro elefantiásico aproxímase al suyo, el miedo es una lente de aumento para el miedo. Encerrado en la angustia de lo que está por ser ni enterarse puede de lo que ya está siendo.

Las rubias lo acorralan, los celos lo carcomen, la valeriana un día su vuelo detendrá. El té de culantrillo, la digitalis purpurae.

Debiera exigir respeto cuando se toca el tema de las plantas sagradas; necesita una pala para profundizar el tema, para abrir socavones en la alta montaña y sembrar su llamado.

Y ahí voy yo a apartar hojarasca y encontrarme con él distinto y definido, permeable a las cosas de la vida. Él es mi hermano solar indiferente, mi antítesis total. Contrapartida.

Podríamos detenernos a aspirar pero cuesta trabajo. El momento preciso sería ése en que el río emprende el retroceso y se va marcha atrás camino a la surgiente. Me temo que no es para nosotros esta empresa, dejar tan sólo que se acumulen los años podría parecernos inferior por arbitrario, indigno de la causa que llevamos cualquiera que ésta sea.

Por eso nos estaría dado un tiempo sin retorno, sin mirar hacia atrás pero a cada paso adelantando conciencia. Tengo el pensamiento embarcado en la tiniebla y una voz que me dicta los despachos sin demasiado énfasis. Tengo un amor que no quiero confesar y no tengo nada más porque no quiero, prefiero desprenderme de estos dones terrenos y aspirar a lo eterno. Podríamos detenernos juntos a aspirar un momento, tener aspiraciones de futuro, cosechar esperanzas que se sumen, y no puedo seguir: de golpe me doy cuenta de que es la cobardía que nos mueve a respetar los pactos a no romper esquemas, y eso me da asco. Cualquier gesto cobarde me revuelve las tripas y acuso a los imbéciles.

Ya no quiero ser más humilde secretaria del placer, postergación ovárica. Quiero crear para mí constelaciones de goce, nuevos asteroides, cometas de lujuria. Si ya no tengo fuerzas de hacerlo por crueldad, pues que sea por la dicha. Ésta es mi confesión y también mi legado: generaciones futuras sabrán hasta qué punto me he acercado a él para destruirlo, cómo maquiné en ascensores para llevarme su alma y estampar mi sello en el fondo de su carne para poder retirarme dignamente y dejar que el fuego lo consuma.

Un fuego amor por mí, rojos tizones. Es una maravilla: he logrado volcarme hacia los otros.

Él va a andar por ahí achicharrándose. Volverá a sus quehaceres con la misma sonrisa y ya no será el mismo. Pondrá la misma cara, dirá las mismas cosas sin saber del vacío que encierran sus palabras pues su boca es volcán de donde sale lava. Lo que lleva dentro es algo bien distinto: soy yo estampada en cada célula, una marca de fuego grabada por mí para que no me olvide. Si mis palabras no han sido memorables y mis actos se diluyen en el aire, él estará allí para ser mi sagrario y a los gatos de la muerte les prohibí acercársele. Él debe vivir siempre para poder amarme: en su veneración estriba mi esperanza. Es la posibilidad que le concedo de perdurar en el tiempo para honrar mi memoria.

Pocos saben por qué le perdono la vida, dejo que se aparte de mí sin una queja, sin siquiera clavar alfileres en sus fotografías. Pocos sabrán que es él de la piel para afuera: adentro sólo he dejado pasión incandescente inapagable a pesar de lágrimas ajenas.

Ésa soy yo ardiendo en el amor gracias al cual puedo aspirar a ser digna mientras cometo actos sin ocuparme del remordimiento: el fuego es catártico me hace vivir alerta y yo tengo una llama votiva andando por el mundo. La idea no me disgusta, más bien me dignifica.

Yo estaré sonriente en el granero mientras él estire su mano hacia otra hembra o juegue al fornicón en los palmares, yo estaré impresa en la parte de atrás de su retina como una transparencia. Soy la que se superpone y aguanta los embates de las rubias porque estoy tan sólo en el recuerdo y el recuerdo puede ser muy generoso. Puede verme en la distorsionada imagen que contemple, con los ojos detrás de las orejas, un ombligo a la altura de los párpados, mezcla que él trata de remover en el caldero de su mente para hacer de mí una masa informe que ya no lo perturbe. Nunca habrá de lograrlo: mis partes se comportan dignamente –aún las más delicadas– y mantienen su integridad a toda costa. Bastaría que él viera mi pestaña en el momento en que menos se lo espera para destruir el encanto de la mujer en sus brazos.

Ya no es libre, me jacto de decirlo. Libre soy yo después de haber dejado mi imagen en sus manos y no tener así que andar cuidándola como hace la gente que no sabe entregarla. Puedo ahora hacer lo que yo quiera, él cuida de mi imagen. (Aunque a veces me siento algo borrada y pienso: él encierra lo mejor de mí misma, mis ojos de placer, mis estremecimientos.) Ahora él encierra mi imagen y la abriga con su cuerpo que también era parte de mi imagen: complementaba mis andanzas y las hacía más fértiles. Ahora la gente lo llama santo y lo acompaña rezando letanías mientras él va en el auto grandote saludando a su grey. Le entregan las doncellas más blancuzcas, hábiles costureras le fabrican doncellas y hasta los no creyentes salmodian a su paso porque ven esa aureola que soy yo, a no dudarlo. Suelo dejar esas huellas en la gente desprendiendo una luz un poco verde, una fosforescencia marina que los más inadvertidos reconocen y llaman fuego fatuo.

¿Fatua yo?

Fatuo todo aquel que pretende retenernos y nos detiene un tiempo. Lo que no cambia es fatuo con pretensión de eterno y no yo que ya no soy yo misma me transformo en colores dentro de mi retina, gasifico mis formas y me sigo nombrando yo, mí, me, no por vieja costumbre que no tengo sino a falta de algo mejor y a la espera de un nuevo solidario como vos que descubra las claves de este juego y alinee las piezas –blancas perrovidas, negras gatomuertes– y retome los ciclos. Jaque mate otra vez, que me mate de lejos.

Me mate, memite, me imite: sólo en una renacencia reside mi esperanza.

1970 - Iowa City, N.Y., México, Buenos Aires - 1971

Índice

Impreso en GRÁFICA GUADALUPE
Av. San Martín 3773 (1847) Rafael Calzada,
Provincia de Buenos Aires, Argentina,
en el mes de febrero del año 2001.